# Ferris
# Ein Kater sieht rot

Irene Zimmermann

# FERRIS

## Ein Kater sieht rot

Illustrationen
von Stefanie Jeschke

orell füssli
KINDERBUCH

Irene Zimmermann
**Ferris**
**Ein Kater sieht rot**

Illustrationen: Stefanie Jeschke
Projektleitung und Redaktion: Ulla Behrendt-Roden,
die programmwerkstatt
Lektorat: Diana Steinbrede
Satz und Layout: Tanja Haaf

Orell Füssli Kinderbuch Verlag
www.ofv.ch


Bibliografische Information der Deutschen Nationalbibliothek
Die Deutsche Nationalbibliothek verzeichnet diese Publikation in der Deutschen Nationalbibliografie; detaillierte bibliografische Daten sind im Internet über http://dnb.de abrufbar.



Druck und Bindung: Westermann Druck Zwickau GmbH

ISBN 978-3-280-08011-5
1. Auflage 2019

FSC www.fsc.org MIX Papier aus verantwortungsvollen Quellen FSC® C110508

# Inhalt

### FERRIS

Hausbesetzer einer verlassenen Villa mit unerschöpflichem Heringsdosen-Vorrat, Möchtegern-Autor und Chefkatze des Viertels.
Auffällige Kennzeichen: Extrem faul, Rechts-Links-Schwäche und fast immer hungrig.

### UWE

Hibbeliges Eichhörnchen mit abgeschlossener Ausbildung (Note 1) zum Sicherheitsbeauftragten. Sorgt für Ferris' Schutz in der Villa.
Auffälliges Kennzeichen: Siebter Sinn für echte und eingebildete Katastrophen.

### RÜDIGER

Gutmütiger Waschbär mit Hausmeisterdiplom und Kenntnissen in Ballettanz. Hält die Villa in Schuss.
Auffällige Kennzeichen: Neigt zum Kaputtreparieren, liebt Schaumbäder und Snacks.

### MARLENE und ALICE

Zwei kleine Mäuse, für Ferris als Dosenöffner tätig. Nebenjob in der *Magic-Mouse-Disco*.
Auffälliges Kennzeichen: Traum von großer Karriere als Ballett-Tänzerinnen.

## JENNY-LOU

Durchtrainierte, coole Wanderratte mit Rastazöpfchen, nachtaktiv und Betreiberin der stadtbekannten *Magic-Maus-Disco*.

Auffällige Kennzeichen: Äußerst anpassungsfähig und organisationsstark.

## JONNY

Großer schwarzer Rabe, Freund von Jenny und geschäftstüchtiger Gründer des Startups *Jonnys Lufttaxi – fix wie nix*.

Auffälliges Kennzeichen: Immer gut informiert.

## QUEEN

Eingebildete, verwöhnte Katze aus angeblich altem Katzenadel, macht Ferris ständig seinen Rang als Chef streitig.

Auffälliges Kennzeichen: Chattet stundenlang auf *Schnauzbook*.

## OTTI KNIRSCHKE

Ehemaliger Matrose, Nachbar von Ferris und stolzer Besitzer eines alten Traktors mit Anhänger.

Auffällige Kennzeichen: Liebt seine Spielzeugeisenbahn und die Kohlköpfe im Garten.

# Noch keine Katastrophe

Zufrieden schnurrte Ferris vor sich hin, als er auf seinem verrosteten Motorrad in den Sonnenuntergang düste. Er war ein dicker Tigerkater mit struppigem Fell und einem weißen Fleck auf der Brust, der wie ein Herz aussah. Auf dem Rücken trug er einen Rucksack, aus dem eine Angelrute ragte. **SIEBEN** Fische hatte er an diesem Tag gefangen und natürlich auf der Stelle vertilgt. Denn nichts liebte er mehr als Fisch. Müde, satt und zufrieden hatte er danach stundenlang an einem versteckten See mitten im Wald in der Hängematte gedöst und sich die Sonne auf den Bauch scheinen lassen. Was konnte es für einen Kater Schöneres geben?

Doch jetzt war Feierabend für ihn. Es war bereits

# LINKS …

später Nachmittag, und außerdem hatte er schon wieder Hunger.

»In fünfzig Metern links abbiegen«, säuselte die Stimme des Navis, das etwas wackelig am Lenker hing.

Jetzt schnurrte Ferris nicht mehr. Jetzt maunzte er missmutig. Anfangs war er vom Navi noch begeistert gewesen. Endlich würde er sich nicht mehr verlaufen. Das war ihm schon so häufig passiert.

Und jedes Mal fand er es sehr, sehr peinlich. Da war also ein Navi die perfekte Lösung. Allerdings funktionierte das Gerät seit einiger Zeit nicht mehr richtig. Egal, welche Taste Ferris auch drückte, egal, wie zornig er das Gerät schüttelte: Das Display blieb schwarz. Und damit war auch der Pfeil verschwunden, der bisher zuverlässig die Richtung angezeigt hatte. Nur die säuselnde Stimme ertönte weiterhin und forderte ihn auf, mal nach rechts, mal nach links abzubiegen. Dabei hatte er links und rechts noch nie unterscheiden können.

»In zwanzig Metern links abbiegen.«

Ferris klappte vorsichtshalber beide Ohren ein und peilte die scharfe Kurve an. Das müsste ja wohl links sein. Doch in derselben Sekunde erkannte er: Totaler Irrtum. Total falsche Richtung.

Denn hinter der Kurve war nichts als Wald. Und der kam näher und näher.

Verzweifelt versuchte Ferris, den Lenker herumzureißen. Gleichzeitig bremste er mit aller Kraft.

»Jetzt links abbie...«

»Verdammt!«, brüllte er. **»HALT! STOPP!«**

Ihm kam es vor, als würde die Navi-Stimme tatsächlich leiser werden. Umso lauter quietschten die Bremsen. Doch es war bereits zu spät. Er schlug einen grandiosen Salto und landete unsanft in einem dichten Brombeergebüsch. Einen Moment lang blieb er benommen liegen. Weil das Brombeergebüsch aber stachlig war und heftig pikste, rappelte er sich rasch auf. Entschlossen griff er nach seinem Rucksack – und fauchte ärgerlich, als er die zerbrochene Angelrute entdeckte.

»Das war's dann wohl mit dem Angeln«, knurrte er, stellte das Motorrad auf und drehte den Zünd-

schlüssel im Schloss. Ein Mal ... Zwei Mal ... Drei Mal ... Nichts tat sich.

»Na los, komm schon! Blödes Ding!« Doch egal, wie sehr Ferris sich auch abmühte, das verdammte Motorrad gab nicht einen einzigen Muckser von sich. Stattdessen ertönte eine bekannte Stimme: »Jetzt links abbie...«

»**RUHE!**«, brüllte er, und das Navi verstummte tatsächlich.

»Na also, geht doch«, murmelte er. Aber das war dann auch schon der einzige Erfolg.

So wie es aussah, blieb ihm nichts anderes übrig, als das Motorrad nach Hause zu schieben. Verdrossen machte er sich auf den Weg, denn er hasste Fußmärsche. Und ganz besonders hasste er lange Fußmärsche. Zuerst ging es durch den Wald, wo er sich ein paarmal verlief. Dann quälte er sich quer über Wiesen und Felder. Schließlich keuchte er eine Anhöhe hinauf. Das Motorrad kam ihm inzwischen tonnenschwer vor, und auch der Rucksack mit der Hängematte schien mit jedem Schritt an Gewicht zuzunehmen.

»Nie wieder Angelausflug«, knurrte Ferris.

Er wechselte den Rucksack auf die andere Schulter

und beschloss, ab sofort nur noch an schöne Dinge zu denken. Zum Beispiel an seinen Abend zu Hause. Wie üblich würde er drei Dosen Hering in Tomatensoße essen. Vielleicht sogar eine vierte, denn er war wirklich sehr hungrig nach diesem langen Marsch. Später würde er dann endlich mit dem Roman beginnen, den er schon seit Langem schreiben wollte. Einen genialen Titel hatte er sich bereits ausgedacht:

Anfangen würde er mit seinem ersten Lebensjahr auf einem englischen Schloss. Zwar war er nur in einem der Pferdeställe zur Welt gekommen, aber der *gehörte* immerhin zum Schloss. Im zweiten Kapitel würde er dann die aufregende Geschichte erzählen, wie er frierend und hungrig im Wohnwagen einer holländischen Familie mitgereist und schließlich in Paris gelandet war. Und natürlich von seinem abenteuerlichen Leben dort. Im dritten Kapitel …

In diesem Moment kullerte ihm etwas Rotbraunes entgegen, wie üblich mit Schutzhelm und hellblauer Schutzweste. Auf der Rückseite der Weste stand in großen Buchstaben *SECURITY*. Es war niemand anders als Uwe, das hibbelige Eichhörnchen, das bei Ferris als Sicherheitsbeauftragter angestellt war. Gerade noch rechtzeitig schaffte Uwe es, vor dem Motorrad abzubremsen. Er wirbelte einmal um die eigene Achse und hüpfte dann wie ein Jo-Jo auf und ab. »**KA-KA-KA-KATASTROPHE!**«, stotterte er heftig. Das machte er immer, wenn er aufgeregt war.

Ferris runzelte ärgerlich die Stirn. Was war denn jetzt schon wieder los? An manchen Tagen blieb ihm aber auch gar nichts erspart. Er lehnte sich über den Lenker und blickte Uwe streng an. »Nicht schon wieder. Gestern Katastrophe – und dann war es bloß ein Gewitter. Vorgestern auch Katastrophe. Aber im Garten heulte kein Wolf, sondern ein kleiner Hund. Ich frage mich wirklich, ob es bei dir auch mal was anderes als Katastrophe gibt.«

»Kann ich vielleicht was dafür?« Uwe bückte sich, um seine Taschenlampe aufzuheben. Sie war aus einer der vielen Taschen seiner Schutzweste gefallen. Denn das Eichhörnchen hatte immer alles für den

Notfall dabei: Schere, Heftpflaster, Metermaß, Lupe, einen zerfledderten Stadtplan und zwei Raketen, die vom letzten Silvesterfeuerwerk übrig waren. Und natürlich jede Menge Haselnüsse. Von denen schob sich Uwe jetzt eine nach der anderen in den Mund, knackte sie und spuckte die Schalen im hohen Bogen aus. Kauend meinte er: »Typisch! Jetzt bin ich mal wieder an allem schuld. Dabei hätte das vorgestern genauso gut ein gefährlicher Wolf sein können. Und mit Gewitter soll man nicht spaßen. Weil beim Gewitter ein Blitz einschlagen kann, und dann …«

Ferris atmete hörbar aus. »Danke! Das hast du mir gestern schon erklärt! Aber heute will ich keine Katastrophe. Ich kann sie heute nämlich nicht gebrauchen. Hast du verstanden?«

Uwe zuckte mit den Schultern. »Bin ja nicht blöd. Ich wollte dich bloß darauf aufmerksam machen, dass was Furchtbares passiert ist. Das ist schließlich mein Job. Aber okay, wenn du es nicht hören willst … Dann wechseln wir eben das Thema. Warum schiebst du dein Motorrad? Ist unterwegs was passiert? Bist du verunglü…«

»Wichtiger technischer Versuch, mein Lieber!«, unterbrach Ferris ihn hastig. »Es wäre zu kompliziert, dir das zu erklären.« Von seinem Unfall zu erzählen, wäre oberpeinlich gewesen. Und er hatte auch keine Lust, sich von Uwe den gemütlichen Abend verderben zu lassen. Denn der hätte ihm garantiert wieder die ganze Zeit auf der Pelle gehockt und tausend Ratschläge gegeben.

Ferris verzog den Mund zu einem verständnisvollen Lächeln. »Und was deine neueste Katastrophe angeht … Da kannst du ganz beruhigt sein. Egal, was es auch ist, ich werde mich darum kümmern. Du weißt doch: Alles zu seiner Zeit.«

Bevor Uwe etwas entgegnen konnte, hatte Ferris ihn auch schon stehenlassen und schob das Motorrad in den idyllischen Schwalbenweg. Auf holprigem Kopfsteinpflaster ging es vorbei an sieben säuberlich abgeernteten Apfelbäumen. Gleich daneben stand das schmale Häuschen von Otti Knirschke inmitten eines riesigen Gemüsegartens. Wie immer wehte auf dem Dach eine schwarze Piratenflagge, denn Otti Knirschke war früher Matrose gewesen. Er gab gern damit an, dass er alle Weltmeere bereist und zwei Schiffsuntergänge überlebt hatte. Und die Flagge sei das Geschenk eines echten Piraten. Er wisse sogar, wo dessen Schatz vergraben sei. Irgendwann würde er sich den holen.

Natürlich glaubte Ferris kein Wort davon. Wahrscheinlich glaubte es nicht einmal Otti Knirschke selbst. Aber das war auch nicht wichtig. Viel wichtiger war, dass sie eine gute Nachbarschaft pflegten. Und so hob Ferris grüßend die Pfote, als er Otti Knirschke im Garten entdeckte. Der war wieder einmal damit beschäftigt, die Kohlköpfe zu zählen, die dort in endlos langen Reihen wuchsen.

»Ahoi!«, rief er und winkte Ferris freundlich zu. Seine runde Nickelbrille war ihm auf die Nasenspitze gerutscht, und er schob sie nach oben. »Einhundertdreiundzwanzig. Fünf mehr als gestern! Da muss ich mich gestern wohl verzählt haben. Ahoi!«

Wie immer um diese Uhrzeit trug er seinen karierten Schlafanzug. Den hatte er aus dem Altkleidercontainer gefischt, den die Stadt am anderen Ende des

Schwalbenwegs aufgestellt hatte. Daneben standen ein herrenloser roter Tretroller und ein alter Traktor mit Anhänger. Mit dem Traktor fuhr Otti Knirschke immer samstags seine Kohlköpfe auf den Markt.

Zwischen Container und Otti Knirschkes Häuschen befand sich eine alte Villa. Sie trug die Hausnummer 1, war in einem verwaschenen Himmelblau angemalt und stand so schief, dass man auf dem Hinterteil bequem vom Wohnzimmer in die Küche rutschen konnte. Dem letzten Besitzer, einem Fischfabrikanten, war irgendwann schon beim bloßen Gedanken an Fisch kotzübel geworden. Von heute auf morgen hatte er aufgehört, Hering in Tomatensoße zu produzieren. Stattdessen hatte er die Villa verlassen, sich eine alte Yacht gekauft und war davongesegelt. Niemand hatte jemals wieder von ihm gehört.

Weil die Villa leer gestanden und Ferris damals zufällig ein neues Zuhause gesucht hatte, war er auf der Stelle eingezogen. Und hatte im Keller einen wahren Schatz entdeckt: Hering in Tomatensoße! Nichts auf der Welt liebte Ferris mehr. 46 Kartons, randvoll mit Dosen, stapelten sich dort und warteten nur darauf, dass sich jemand darüber hermachte.

Die Sache hatte nur einen Haken: Die Dosen ließen sich nicht öffnen, egal, mit welchem Dosenöffner Ferris es probierte.

»**KA-KA-...!**«, keuchte Uwe schon wieder. Er war hinter Ferris hergerannt und hüpfte jetzt auf den Lenker.

»Ach, hör auf damit«, sagte Ferris gut gelaunt und schob das Motorrad mitsamt dem Eichhörnchen in den Vorgarten. Dann aber stutzte er. *Das* war also die Katastrophe, die Uwe gemeint hatte. Denn die Sitzfläche der alten Gartenbank leuchtete in einem so scheußlich rot, dass Ferris am liebsten seine Sonnenbrille aufgesetzt hätte. Richtig schön war das nicht, aber doch noch lange keine Katastrophe. Vielleicht würde ihm die Farbe nach vier Dosen Hering in Tomatensoße ja sogar gefallen.

Schwungvoll sprang er die sieben Stufen zum Eingang der Villa hoch. Ein altes, verrostetes Reklameschild erinnerte noch an den früheren Besitzer:

*Wer Boltes Fischkonserve nicht ehrt,*
*ist den Hering nicht wert!*

»Alice? Marlene?«, rief Ferris, während er die Haustür zu dem langen dunklen Flur aufstieß.

Doch dann stutzte er erneut. Es war ruhig. Zu ruhig, fand er. Wo steckten die beiden Mäuse, die sonst um diese Zeit vergnügt durch die Zimmer tanzten? Und noch etwas war anders. Er schnupperte. Normalerweise zog jetzt immer ein unwiderstehlicher Duft nach Hering in Tomatensoße durchs Haus. Stattdessen roch es an diesem Abend nach …

»**KA-KA-KA-KATASTROPHE!**«, stotterte Uwe, der ihm gefolgt war. »Alice und Marlene sind verschwunden. Ich hab sie schon überall gesucht. Aber sie sind weg.«

»**WAAAAS?**« Ferris riss die Küchentür auf. Ungläubig starrte er zum Tisch hinüber. Dort sollten eigentlich ein großer Löffel, eine gebügelte weiße Serviette und mindestens vier frisch geöffnete Dosen Hering in Tomatensoße für ihn bereit stehen. Doch der Tisch war leer. Und auf der Eckbank saß weder Alice noch Marlene. Stattdessen hockte dort ein dicker grauer Waschbär. Er trug eine blaue Latzhose und einen

blau-weiß gestreiften Fanschal mit der Aufschrift *1. FC Waschbär* um den Hals und grinste vergnügt.

Ferris schluckte. »Katastrophe«, murmelte er tonlos. »Das ist eine echte Katastrophe.«

Uwe nickte bekümmert. »Sag ich doch schon die ganze Zeit.«

# Doch eine Katastrophe

»Entschuldigung, ich hab mich ja noch gar nicht vorgestellt«, sagte der Waschbär. Er watschelte auf Ferris zu und schüttelte ihm wie wild die Pfote. »Ich bin der Rüdiger. Eine tolle Villa hast du hier, aber hallo. Sogar mit eigener Security. Dein Uwe ist ja wirklich auf Zack. Er hat mir erzählt, was er so alles macht. Da braucht es jetzt nur noch einen tüchtigen Hausmeister.« Er ließ Ferris' Pfote los und deutete auf sich. »Du kannst dich freuen. Dieser tüchtige Hausmeister bin nämlich ich. Ein Diplom habe ich übrigens auch. Moment …« Bei diesen Worten nestelte er ein zerknittertes Zeugnis aus der Hosentasche und hielt es Ferris hin.

Der Kater ließ sich auf die Eckbank fallen und

musterte zuerst das Diplom und dann den Waschbären. »Gerade habe ich ganz andere Probleme«, knurrte er. »Meine beiden …«

»Außerdem bin ich erstklassig in Balletttanz«, unterbrach ihn der Waschbär. »Ich habe nämlich fünf Jahre auf dem Dachboden einer Ballettschule gelebt. Eine kleine Kostprobe meines Talents gefällig?« Und schon hatte er den Tisch zur Seite gerückt und wirbelte durch die kleine Küche. Uwe schaffte es gerade noch, sich vom Fußboden auf den Schrank zu retten.

»Aufhören, aufhören!«, rief Ferris, dem allein vom Zuschauen schon ganz schwindlig wurde. »Wie gesagt, ich habe im Moment andere Probleme. Meine beiden Mäuse sind weg. Alice und Marlene öffnen mir drei Mal am Tag ein paar Dosen, und zwar immer Punkt neun, Punkt zwölf und abends um Punkt sieben Uhr.« Stolz fügte er hinzu: »Mir gehören nämlich **46 KARTONS** voller Konserven mit Hering in Tomatensoße.« Er blickte zu der laut tickenden Kuckucksuhr hinüber. Sie hing schief über dem Herd und zeigte genau zwanzig nach sieben an. Alice und Marlene waren sonst immer auf die Minute pünktlich. Er seufzte tief. Wahrscheinlich hatte Uwe recht. Die beiden waren tatsächlich verschwunden.

»46 Kartons. Aber hallo«, keuchte Rüdiger. Von den vielen Pirouetten war er völlig außer Atem. »Dosenöffnen ist für mich eine Kleinigkeit. Da helfe ich dir gern.« Und wie aus dem Nichts zauberte er unter der Eckbank einen schweren Werkzeugkasten hervor. »Her mit der Dose!« Er zückte eine große Beißzange. Sein Grinsen wurde immer breiter, als Ferris vier Dosen aus der Tischschublade holte und misstrauisch zu ihm hinüberschob. »Das ist eine meiner leichtesten Übungen«, meinte Rüdiger. »In spätestens fünf Sekunden hab ich die Dinger auf.«

Gespannt beobachtete Ferris, wie der Waschbär die Beißzange ansetzte. Ein Mal, zwei Mal, schließlich ein drittes Mal. Doch jedes Mal rutschte sie ab.

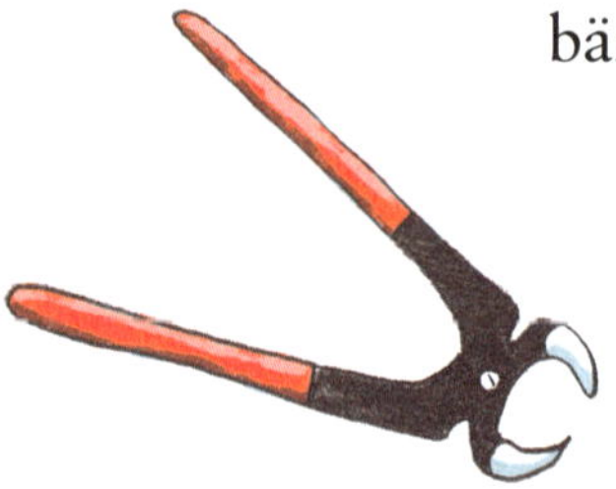

»Na, dann eben mit Gewalt«, murmelte Rüdiger und holte einen schweren Hammer aus dem Werkzeugkasten. »Jede Wette, jetzt ist die Dose aber fällig. Man muss nur wissen, wo man draufhauen muss.« Er kniff ein Auge zusammen, zielte und schlug dann mit voller Wucht zu. **WUMM!** machte es, und die Dose schoss quer über den Tisch. Sie zischte knapp über den erschrockenen Ferris hinweg und landete auf der Fensterbank neben einem vertrockneten Alpenveilchen. Mit schmerzverzerrtem Gesicht hielt Rüdiger sich die Pfote. »Aua! Verdammt! Das war mein Daumen!«, brüllte er. »Ist sie auf?«

Ferris schüttelte ärgerlich den Kopf. »Ist sie nicht.«

»Aber hallo«, murmelte Rüdiger, nachdem er sich wieder auf die Eckbank gequetscht hatte. »Ich versteh das wirklich nicht. Sonst krieg ich immer alles auf. Warum …?«

»Spezialblech«, erwiderte Ferris und stapelte die Fischdosen auf dem Tisch zu einem kleinen Turm. »Aus diesem Zeug hat der letzte Besitzer der Villa sämtliche Dosen gefertigt. Nur Alice und Marlene schaffen es mit ihren stahlharten Mäusezähnen, sie zu öffnen.«

»Das hättest du mir aber auch gleich sagen können«, murrte Rüdiger und pustete auf seinen Daumen. »Aber hallo!«

Die Kuckucksuhr schlug halb acht. Gleichzeitig ertönte ein dumpfes Grollen. Uwe, der gerade seinen Helm abgenommen und sich am Kopf gekratzt hatte, hielt mitten in der Bewegung inne. Er lauschte. Dann rief er triumphierend: »He, das ist jetzt aber ein Wolf! Da bin ich mir total sicher. Wir müssen sofort die Fensterläden zumachen und die Haustür abschließen und …«

»Das ist kein Wolf! Das ist mein Magen!«, unterbrach Ferris ihn mit grimmiger Miene. »Wenn Alice und Marlene nicht bald auftauchen, werde ich noch verhungern. Wir müssen sie so schnell wie möglich finden. Weit können sie nicht sein. Hoffe ich wenigstens.«

Rüdiger räusperte sich. »Ehm … Krieg ich jetzt den Job bei dir? Ich hab auch schon mal angefangen die Gartenbank zu streichen. Damit du siehst, was ich noch so alles kann. Im Suchen bin ich übrigens besonders gut.«

Und weil sechs Augen mehr sehen als vier und Rüdiger ein ziemlich netter Kerl zu sein schien, nickte Ferris kurzentschlossen.

»Aber wo sollen wir suchen?«, überlegte er laut. »Alice und Marlene sind äußerst vorsichtig. Sie wissen, welche Gefahren auf der Straße lauern. Ich kann mir nicht vorstellen, dass sie weiter als bis zum Gartenzaun gehen. Uwe, hast du wirklich gründlich gesucht?«

»Selbstverständlich«, sagte Uwe beleidigt. »Ich hab in jeden Winkel im Haus geschaut. Und natürlich auch im Vogelhaus.« Er wandte sich zu Rüdiger. »Da wohnen Alice und Marlene nämlich«, fügte er hinzu. »Das haben die beiden toll eingerichtet. Mit Spitzengardinen und so.«

Rüdiger lachte. »Weiß ich. Ich kenn mich hier in der Gegend schließlich aus. Ich hab den ganzen Sommer über hinter dem Altkleidercontainer gehaust. Aber jetzt, wo es bald Winter wird, hätte ich gern ein festes Dach über dem Kopf. Am liebsten wäre mir ja eine eigene Dachkammer. Da fällt mir gerade ein: Was ist mit Otti Knirschke? Kann es vielleicht sein, dass Alice und Marlene drüben bei ihm sind?«

»Ja, da könnte was dran sein!«, rief Uwe und nickte aufgeregt. »Sie sind total verrückt nach seiner Spielzeugeisenbahn. Die hat er nämlich wieder aufgebaut. Vorgestern haben sie auf der Lok eine Runde nach der anderen gedreht. Natürlich erst am Abend, während Otti Knirschke im Garten Kohlköpfe gezählt hat. Ich habe so lange Schmiere gestanden ... Oh!« Er hielt sich die Pfote vor den Mund. Schuldbewusst murmelte er dann: »Das hätte ich gar nicht erzählen dürfen. Ich hab nämlich Alice und Marlene fest versprochen, dass ich es niemandem verrate.«

»Wir haben überhaupt nichts gehört«, versicherte Ferris und holte tief Luft. »Ich würde sagen, wir schauen uns die Sache mal genauer an. Soweit ich weiß, versteht Otti Knirschke keinen Spaß, wenn es um seine Eisenbahn geht. Mal angenommen, er hat Alice und Marlene erwischt, dann könnte es für die beiden ziemlich schlecht aussehen. Ich glaube nämlich nicht, dass er Mäuse mag.« Er sprang auf. »Wir dürfen keine Zeit verlieren. Los, mir nach! Ich hoffe bloß, es ist noch nicht zu spät.«

# Codewort Hering

In Otti Knirschkes Häuschen zu gelangen, würde kein Problem sein. Meistens stand die Tür nachts sperrangelweit auf oder wenigstens eines der Fenster. Denn als ehemaliger Matrose mochte Otti Knirschke nichts mehr als eine frische Brise.

Am liebsten wäre Ferris also auf der Stelle hinübergerannt. Doch Uwe schüttelte heftig den Kopf und zog ihn zurück auf die Eckbank. »So funktioniert das bloß im Fernsehen«, meinte er. »In Wirklichkeit läuft es anders. Wie, das habe ich natürlich in meiner Security-Ausbildung gelernt. Da war ich übrigens der Einzige mit einer glatten Eins.« Er runzelte die Stirn und schien angestrengt nachzudenken. Ungeduldig rutschte Ferris auf der Eckbank hin und her.

»Ehm ... Da gibt es etwas, das ihr wissen müsst.« Rüdiger schluckte vernehmlich. »Otti Knirschke hat eine ...«

»Jetzt nicht!« Uwe winkte ab. »Erst mal brauchen wir ein Codewort für unsere Geheimoperation.«

Ferris trommelte mit der Pfote auf den Tisch. »Codewort ...? Wozu denn das?«

»Ein Codewort ist sehr wichtig. Dann wissen wir in der Dunkelheit, mit wem wir es zu tun haben. Ob Freund oder Feind.« Suchend sah Uwe sich in der kleinen Küche um. »Wie wär's mit Codewort *Kuckucksuhr?* Oder *Küchenschrank?* Nein, das ist alles viel zu lang.« Sein Blick fiel auf die Konservendosen auf dem Tisch. Kurz überlegte er, dann streckte er beide Daumen in die Höhe. »Für unser Einsatzteam lautet das Codewort: **HERING**. Das ist kurz und knackig. Das kann sich wirklich jeder merken.«

Jetzt nickte Ferris lächelnd. Eindeutig eine gute Idee. Uwe war eben doch ein echter Profi. Mit seiner Hilfe würden sie die Mäuse garantiert schnell finden. Und dann gab es endlich wieder Hering in Tomatensoße! Am besten noch eine sechste oder vielleicht sogar eine siebte Konserve. Die hatte er sich nach diesem anstrengenden Tag wirklich verdient.

Rüdiger räusperte sich. »Was ich noch sagen wollte … Er hat eine Schrotflinte.«

»Eine Schrotflinte? Wer?«, rief Ferris alarmiert.

»Wer?«, echote Uwe. Sprungbereit hockte er auf der Eckbank.

Mit einer Kopfbewegung deutete Rüdiger zum Nachbarhaus. »Der da drüben. Neulich hat er sie auf mich gerichtet. Ich hab nichtsahnend und total friedlich auf dem Altkleidercontainer gelegen und mich ein bisschen gesonnt. Da sehe ich plötzlich diesen Kerl im Schlafanzug. Er steht mitten auf der Straße, brüllt irgendwas und zielt auf mich. Aber hallo! Da bin ich lieber ganz fix verschwunden.« Erneut räusperte er sich. »Ich sag das bloß, damit ihr wisst, was uns drüben passieren kann.«

»Aber warum?« Ferris riss die Augen auf. »Otti Knirschke ist doch immer so freundlich. Das versteh ich nicht.«

Der Waschbär schlug verlegen die Augen nieder. »Na ja, könnte sein, es ist wegen der Sache mit den Apfelbäumen. Ich wusste wirklich nicht, dass sie Otti Knirschke gehören. Aber die Äpfel haben so gut geschmeckt, da konnte ich einfach nicht mehr aufhören. Ich hatte übrigens drei Tage Bauchschmerzen hinterher.« Mit herabhängenden Mundwinkeln blickte er Ferris an. »Nächstes Jahr schau ich die Apfelbäume nicht mal aus zehn Metern Entfernung an. Ich schwör. Aber hallo!«

Eine Weile sprach niemand ein Wort. Nichts war zu hören außer dem Ticken der Kuckucksuhr und Ferris' Magen, der lauter denn je knurrte. Vergeblich versuchte er, das bohrende Hungergefühl zu ignorieren. Zwei, drei Tage würde er vielleicht noch durchhalten. Dann würde er wieder wie früher durch die Straßen streunen, auf der verzweifelten Suche nach irgendetwas Essbarem. Es sei denn, Alice und Marlene wären wieder da.

Ferris verzog das Gesicht. »Ach was, wir lassen uns doch von Otti Knirschke nicht einschüchtern.

Jede Wette, seine Schrotflinte ist genauso wenig echt wie der Piratenschatz.«

Wenig später kletterten sie nacheinander über eine hohe Backsteinmauer auf den rückwärtigen Teil von Otti Knirschkes Grundstück. Dort landeten sie zwischen Eierschalen, Teebeuteln und Essensresten auf einem Komposthaufen, den der Nachbar anscheinend neu angelegt hatte.

»Igitt«, schimpfte Ferris, als er auf vergammelten Salatblättern ausrutschte.

»Da sieht man mal wieder, wie wichtig es ist, vorher alles abzuchecken«, flüsterte Uwe. »Wir arbeiten uns jetzt von außen nach innen vor und checken zuerst den Garten.« Er zog eine Stoppuhr aus seiner Jackentasche und drückte auf ein paar Knöpfe. »Fünf Minuten müssen reichen. Vergesst das Codewort nicht.« Und schon waren er und Rüdiger zwischen den vielen Kohlköpfen verschwunden.

Leise seufzend blickte Ferris zu Otti Knirschkes Häuschen hinüber, wo die Haustür sperrangelweit offen stand. Womöglich saßen Alice und Marlene schon seit Stunden in einer Mausefalle und heulten sich die Augen aus dem Kopf. Bei diesem

schrecklichen Gedanken zog sich alles in ihm zusammen. Am liebsten wäre er sofort losgeprescht. Doch er zögerte. Denn Uwe war der Sicherheitsbeauftragte mit der glatten Eins und wusste genau, was zu tun war.

Eine dicke Wolke schob sich vor den Mond, und die einzige Straßenlaterne des Schwalbenwegs flackerte trübe vor sich hin. Missmutig sprang Ferris vom Komposthaufen. Geduckt schlich er zwischen den endlos langen Reihen akkurat angepflanzter Kohlköpfe hin und her. Immer wieder knurrte sein Magen. Und dann war da plötzlich noch ein anderes Geräusch. Er spitzte die Ohren. Da schnarchte doch jemand! Das konnte nur Otti Knirschke sein! Jeder im Schwalbenweg wusste: Wenn Otti Knirschke schlief, dann schlief er wie ein Stein. Nicht einmal das Böllern an Silvester hatte ihn aufgeweckt.

Das war ihre Chance! Ein schnarchender Otti Knirschke würde mit Sicherheit nicht zu seiner Schrotflinte greifen. Außerdem fand Ferris, dass er jetzt wirklich lange genug Kohlköpfe gecheckt hatte. Mit zwei, drei gewaltigen Sätzen fegte er quer durch den Garten zur Haustür. Doch wenige Meter davor …

»Aua!« Irgendetwas hatte sich mit aller Kraft auf seinem Rücken festgekrallt und ließ sich nicht mehr abschütteln. »Verdammt noch mal, was soll das?«, schimpfte er.

»Codewort?«, hörte er Uwe flüstern. »Wie heißt das Codewort?«

»Fällt mir gerade nicht ein«, knurrte Ferris. »Ich hab gewaltigen Hunger auf Hering. Da kann ich nicht denken.«

»Hering«, sagte Uwe erfreut und hüpfte von seinem Rücken. »Warum hast du das nicht gleich gesagt? Oh, sieh mal, da kommt jemand! ... **HERING. HERING. HERING.**«

»Hä?«, machte Rüdiger, der plötzlich vor ihnen stand. »Aber hallo! Wo gibt's hier Hering?«

»Das! Ist! Unser! **CODEWORT!**«, sagte Uwe mit Nachdruck und verdrehte entnervt die Augen. »Könnt ihr euch das endlich mal merken? Also? Wie heißt unser Codewort?«

»Hering«, brummten Ferris und Rüdiger wie aus einem Mund.

Uwe nickte zufrieden. »Damit ist Stufe eins unserer Operation abgeschlossen. Wir haben die Außenlage vorschriftsmäßig gecheckt. Wie ich sehe, steht die Haustür offen. Otti Knirschke schnarcht. Die Luft ist also rein. Es beginnt Stufe zwei unserer Operation: Das Einsatzteam dringt nach innen vor!«

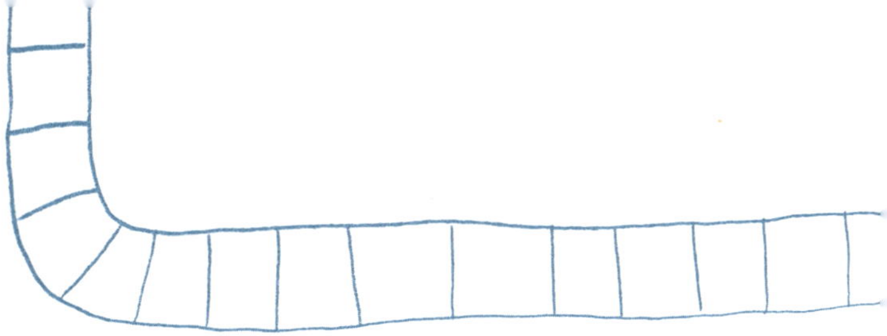

# Gefahren

Geduckt schlichen sie hintereinander zur Haustür.

»Halt!«, wisperte Uwe, als Ferris an ihm vorbei ins Haus stürmen wollte. »Ich hab's doch vorhin schon erklärt: Als Erstes muss man immer die Lage checken. Und das mach *ich!* Drinnen könnte es nämlich richtig gefährlich werden.«

Ferris nickte ungeduldig. Er blieb an der Haustür stehen und schaute neugierig ins Innere. Natürlich war es in seiner Villa drüben nicht sonderlich aufgeräumt. Manchmal musste man sich seinen Weg bahnen durch Uwes Nussschalen, vorbei an säuberlich ausgeschleckten Fischkonserven und kaputten Motorradteilen. Aber der Flur von Otti Knirschke toppte alles. Die elektrische Eisenbahn,

Wäschekörbe voller Klamotten und dazwischen riesige Stapel aus Zeitschriften. Es roch nach gekochtem Kohl. Und dann war da noch ein sonderbares Geräusch … Ferris horchte auf. Was war das?

Doch bevor er es herausfinden konnte, winkte Uwe ihn und Rüdiger in den Flur. »Wir teilen uns auf. Ich schau mich oben im Schlafzimmer um …«

Rüdiger hob blitzschnell die Pfote und flüsterte: »Die Küche übernehme ich.«

»Dann bleibt für mich wohl nur das Wohnzimmer übrig«, knurrte Ferris, während seine beiden Freunde davonflitzten.

Ganz wohl war ihm bei diesem Gedanken nicht. Das Geräusch, das er eben vernommen hatte, kam nämlich ausgerechnet aus dem Wohnzimmer. Irgendjemand schien dort zu sein. Ferris blieb stehen und lauschte … Otti Knirschke schnarchte noch immer. Wahrscheinlich war er wieder einmal auf dem Sofa eingeschlafen.

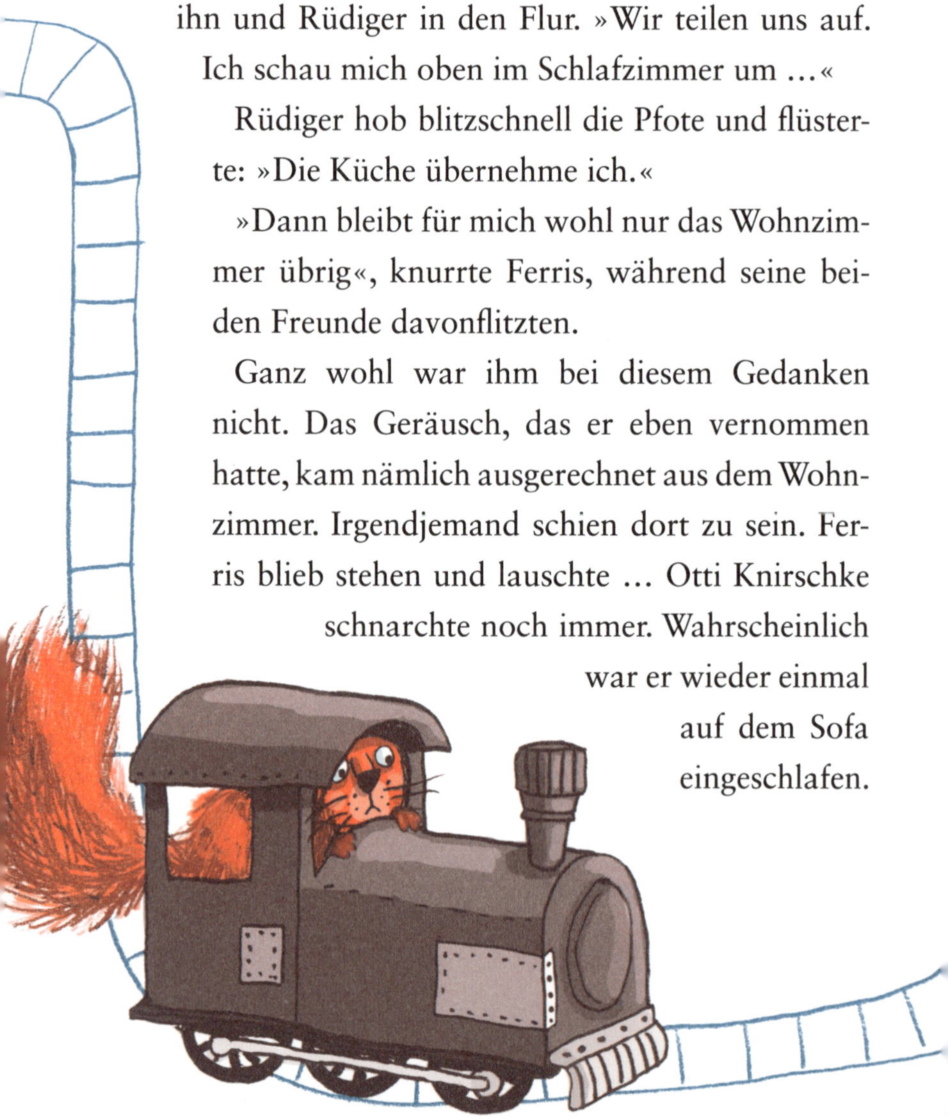

Aber da war doch ganz deutlich noch etwas anderes zu hören. Erneut spitzte Ferris die Ohren ... In der Nähe knurrte es, und dieses Mal war das nicht sein Magen. Nein, viel schlimmer: Es war ein **HUND!** Und dem Knurren nach ein sehr, sehr großer Hund! Was höchst ungünstig war. Denn mit Hunden, vor allem mit sehr, sehr großen, hatte Ferris bisher nur unerfreuliche Erlebnisse gehabt.

»Uwe!«, zischte er. »Wir müssen die Operation sofort abbrech... Ach du lieber Himmel!« Er konnte sich gerade noch mit einem beherzten Sprung in Sicherheit bringen, als eine schwarz lackierte Spielzeuglok ratternd auf ihn zuraste. Im Führerhaus stand Uwe, winkte vergnügt und rief: »Ich checke alles mit der Eisenbahn ab. So geht's am schnellsten. Von Alice und Marlene bisher leider noch keine Spur. Aber ich habe ...«

Mehr konnte Ferris nicht verstehen, denn da war die Lok schon wieder um die Ecke gebogen und schnaufte langsam die Treppe hoch. Kopfschüttelnd betrachtete er das Gewirr der Eisenbahnschienen, die kreuz und quer im Flur verlegt waren. Sieben Tunnel zählte er, mindestens ebenso viele Brücken und Bahnhöfe. Ein paar der Gleise führten in die Küche, andere ins Wohnzimmer. An beiden Türen hatte Otti Knirschke unten ein großes Stück abgesägt, damit die Züge durchrattern konnten.

Wieder lauschte Ferris. Alles war ruhig. Wahrscheinlich hatte er sich den Hund nur eingebildet. So etwas konnte einem ja wohl passieren, wenn man sehr großen Hunger hatte. »Also dann«, murmelte er. »Ich werde jetzt mal im Wohnzimmer nachschauen.« Aber noch immer zögerte er. Was, wenn doch ein Hund da war? Ein Hund, der clever war? Einfach abwartete und ihm eine Falle stellte? Und was war mit Rüdiger? Brauchte er vielleicht Hilfe? Vorsichtig tappte Ferris über die Gleise und öffnete die Tür zur Küche … Geblendet blinzelte er. Eine Neonröhre an der Decke verbreitete grelles Licht.

»Huch!« Rüdiger wirbelte herum. »Hast du mich erschreckt!« Mit der einen Pfote fuhr er sich über sein verschmiertes Gesicht, mit der anderen streckte er Ferris eine Schüssel entgegen. »Heidelbeerkompott. Köstlich. Ist aber leider nicht mehr viel drin.«

Ferris rümpfte die Nase. »Brrrr. Heidelbeerkompott. Willst du mich vergiften? Gibt's nichts anderes? Ein bisschen Fisch vielleicht?« Er seufzte. »Oder irgendeine Spur von Alice und Marlene? Eine klitzekleine wenigstens?«

Rüdiger schüttelte bedauernd den Kopf. »Nichts. Absolut nichts. Ich hab den Kühlschrank von oben bis unten durchsucht. Den Abfall natürlich auch, die Küchenschränke, den Backofen. Und den Keller.« Immer noch schmatzend, deutete er auf eine Falltür, die im Boden eingelassen war. »Da geht's abwärts auf 'ner echten Hühnerleiter. Aber hallo! So steil, dass ich fast kopfüber runter wäre. Soweit ich das von oben überblicken konnte, liegen da bloß ein paar verschrumpelte Kohlköpfe rum. Tja, mehr Verstecke gibt's hier nicht. Wie sieht's drüben im Wohnzimmer aus?«

»Ehm … Nichts. Leider nichts«, murmelte Ferris verlegen. »Otti Knirschke sägt, dass die Wände wackeln. Ich schlage vor, wir brechen ab. Morgen früh überlegen wir, wie wir …«

»Pst!« Rüdiger hob die Pfote. »Hast du das gehört?«, flüsterte er.

Ferris nickte. Natürlich hatte er den hohen Piepston gehört. Er klang nach Panik und einer Maus, die verzweifelt um ihr Leben kämpfte. Ohne nachzudenken, hechtete er in den Flur und riss die Tür zum Wohnzimmer auf. Ein bläulicher Lichtschein zuckte gespenstisch über die Wände. Mit gesträubtem Fell und einem Furcht einflößenden Katzenbuckel landete Ferris mitten im Raum. Dazu fauchte er wild wie ein echter Tiger …

Nichts geschah. Niemand schnappte nach ihm. Niemand verbiss sich in seinem Fell.

Erleichtert stellte Ferris das anstrengende Fauchen ein und blickte sich um. Otti Knirschke hing nach hinten gelehnt auf dem Sofa, hatte die Beine weit ausgestreckt und schnarchte mit offenem Mund. Der hohe Piepston war verstummt.

»Alice …? Marlene …?«, fragte Ferris beklommen.

»Hihihi«, kicherte es und wollte gar nicht mehr aufhören.

Jetzt traute sich auch Rüdiger ins Wohnzimmer. Er tippte Ferris auf die Schulter. »Du kannst dich entspannen. Dreh dich mal um. Da läuft bloß der Fernseher. Aber hallo! Das ist doch dieser geniale Zeichentrickfilm. Den hab ich schon mal gesehen. Da geht es um einen Hund und eine Maus …« Und schon hockte er neben Otti Knirschke auf dem Sofa. Gebannt starrte er auf den kleinen Fernseher, der auf einer Seemannskiste mit verrosteten Metallbeschlägen stand. Im Film bewarf gerade eine kleine Maus einen bedrohlich großen Hund mit Schneebällen und wollte gar nicht mehr aufhören zu kichern.

»Dass es bloß ein Film ist, habe ich mir gleich gedacht«, behauptete Ferris.

Aber Rüdiger hörte ihm gar nicht mehr zu. Lachend klatschte er sich auf die Schenkel, als der Hund die Maus verfolgte und dabei auf einer spiegelglatten Straße ausrutschte. Auch Ferris musste lachen. Der Film schien richtig gut zu sein.

»Rück mal«, sagte er zu Rüdiger und ließ sich neben ihm auf das durchgesessene Sofa fallen. »In diesem Film können wir bestimmt einiges über Mäuse lernen. Das hilft uns dabei, Alice und Marlene schneller zu finden.«

Rüdiger antwortete nicht. Immer noch starrte er auf den Bildschirm, wo der Hund sich mittlerweile aufgerappelt hatte und der Maus bedenklich nahe kam. Noch wenige Meter …

Mit einem grellen Quietschen bremste in diesem Moment die Spielzeuglok direkt vor dem Sofa. Uwe zwängte sich heraus. »Ich seh wohl nicht richtig!«, schimpfte er. »Ihr hockt gemütlich auf dem Sofa und guckt fern, während ich bis gerade in einem stockdunklen Tunnel festgesteckt habe. Das ist das Schlimmste, was man sich vorstellen kann. Dafür müsste ich eigentlich eine Gefahrenzulage bekommen.«

»Kannst du mal leise sein?« Rüdiger warf ihm einen ärgerlichen Blick zu. »Vielleicht möchten wir den Film ja gern zu Ende schauen. Jetzt hab ich nicht mitgekriegt, ob die Maus ...«

Er verstummte. Denn Otti Knirschkes Schnarchen hatte unvermittelt aufgehört. Stattdessen gähnte er so heftig, dass seine Kieferknochen knackten. »Oh, wen haben wir denn da?«, fragte er, nachdem er sich ausgiebig gestreckt hatte. Aus einer Sofakuhle fingerte er seine Brille heraus, setzte sie umständlich auf und musterte Ferris. »Jetzt erkenn ich dich wieder. Du bist doch der Kater von nebenan. Nett, dass du mich mal besuchst.« Prustend fügte er hinzu: »Nett aber bloß, wenn du keine Flöhe mitbringst. Sonst müsste ich dich nämlich sofort rausschmeißen.«

Bevor Ferris wusste, wie ihm geschah, hatte Otti Knirschke ihn mit seinen schwieligen Händen gepackt und hielt ihn in die Höhe. »Sieht nicht nach Flöhen aus«, murmelte er. »Ich glaube, dich behalte ich. Katzen sind nämlich meine Lieblingstiere. Ab und zu findest du hier auch mal ’ne fette Maus. Oder ’ne Ratte. Ich glaube sogar, im Keller hockt eine.«

Vergeblich fuhr Ferris die Krallen aus und versuchte, sich aus Otti Knirschkes eisernem Griff zu winden. Der alte Seebär lachte nur, sprang auf und drehte sich einmal um die eigene Achse. Dabei warf er Ferris in die Luft und fing ihn wieder auf. »Da staunst du, was? Mit solchen Kunststücken habe ich abends die ganze Schiffsmannschaft unterhalten. Wir hatten eine Katze an Bord, die war bestimmt noch drei Kilo schwerer als du. Mein Freund, wenn du dich gut anstellst, treten wir mit der Nummer demnächst in der Fußgängerzone auf. Das bringt gutes Geld. Ich werde dich Struppi nennen und … Ach! Wen haben wir denn da?«

Unvermittelt ließ er Ferris los, als sein Blick auf Rüdiger fiel. Weil es für eine Flucht zu spät war, versuchte der Waschbär, sich auf dem Sofa so klein wie möglich zu machen. Otti Knirschke lachte heiser.

»Ha! Du bist doch der verdammte Waschbär vom Kleidercontainer. Der mir alle Äpfel vom Baum geklaut hat. Nicht einen einzigen hast du mir übrig gelassen. Sieben wunderschöne Apfelbäume hast du mir ratzekahl gefressen.« Er stieß Rüdiger seinen knochigen Zeigefinger in die Brust. »Na warte, Freundchen, das werde ich dir ein für alle Mal abgewöhnen.«

Das hörte sich nicht sehr freundlich an. Und so war es auch nicht gemeint. Denn mit einer blitzschnellen Bewegung hatte Otti Knirschke unter sein Sofa gegriffen und eine alte Schrotflinte hervorzogen.

»Ka-Ka-Ka-Katastrophe«, flüsterte Uwe kaum hörbar. Irgendwie war es ihm gelungen, sich unauffällig in die Lok zu verziehen. Zum ersten Mal überhaupt war Ferris kurz davor, ihm auf der Stelle recht zu geben. Er nickte, als Uwe zischte: »Sofortige Planänderung! Wir hauen ab!«

KA-KA-KATASTROPHE!

Was allerdings schwierig war. Denn Otti Knirschke hatte sich mit der Schrotflinte in der Hand vor der Wohnzimmertür aufgebaut und blickte lauernd zu ihnen herüber. Dann lachte er plötzlich auf. »Struppi! Ist doch 'n schöner Name für so einen struppigen Kater wie dich. He, komm her zu mir. Sonst erwische ich womöglich noch dich und nicht diesen verdammten Waschbä... Beim Klabautermann, was ist denn das?«

Bösartig fauchend ratterte die Lok mit Volldampf direkt auf ihn zu. Er war so verblüfft, dass er erst in letzter Sekunde zur Seite sprang. Dabei stolperte er und fiel mitsamt seiner Schrotflinte zu Boden. Im selben Moment blieb die Lok funkensprühend vor einem der Tunnel stehen. Schlagartig gingen sämtliche Lichter im Haus aus.

Uwe sprang aus der Lok. »Stufe drei der Operation!«, rief er. »Kurzschluss herbeigeführt! Das gesamte Einsatzteam: geordneter Rückzug, und zwar blitzartig!«

# Gestürzt

Wie es sich für den Leiter des Einsatzteams gehörte, flitzte Uwe als Erster aus dem Haus. Rüdiger mit wehendem Schal hinterher.

Doch wo blieb Ferris? Er war immer noch im Wohnzimmer, allerdings unfreiwillig. Bei ihrem hastigen Rückzug hatte er sich die Vorderpfote unter einer der Eisenbahnbrücken eingeklemmt. Was äußerst ungünstig war. Denn als Otti Knirschke schließlich mühsam wieder auf die Beine kam, schnaubte er wie ein wütender Stier.

»Diesen verdammten Waschbären hol ich mir«, fluchte er. »Wo steckt meine Schrotflinte? Brille ist auch weg! Strom auch. Und wo ist mein Struppi? … Zum Klabautermann! Wo soll das alles noch hinführen?« Seine Stimme klang weinerlich, während er sich durch das stockdunkle Wohnzimmer tastete.

Es war nur eine Frage der Zeit, bis Otti Knirschke Ferris entdecken würde. Ohne Brille hielt er ihn womöglich für Rüdiger, und dann ... Ferris stockte der Atem. Er presste sich flach auf die Schienen und hoffte auf einen Geistesblitz. Der aber ließ auf sich warten. Stattdessen knurrte Ferris' Magen, und zwar lauter denn je.

»Was höre ich denn da?«, rief Otti Knirschke erfreut. »Klingt verdammt nach Waschbär. Hallo, Freundchen, wo steckst du? Komm mal her zu Onkel Otti ...«

»Miau, miau, miau«, maunzte Ferris kläglich. Wenn Otti Knirschke auch nur einen Funken Verstand im Kopf hatte, musste ihm doch klar sein, dass hier kein Waschbär auf den Schienen lag, sondern der nette Nachbarskater.

Otti Knirschke lachte. »Du bist mir ja ein ganz Schlauer. Ich soll dich wohl für den lieben Struppi halten, was? Aber darauf fällt ein alter Seemann wie ich nicht rein.« Sein heiseres Gelächter wollte gar nicht mehr aufhören. Schließlich ging es in einen gewaltigen Hustenanfall über.

Ferris ahnte: Das war seine letzte Chance. Mit einem kräftigen Ruck zog er die Pfote unter der Brücke hervor. Er verkniff sich einen Schmerzensschrei und fegte quer durchs Wohnzimmer in den Flur. Doch die Haustür war ins Schloss gefallen! Und sie ließ sich nicht wieder öffnen. Da konnte Ferris sich mit Schwung und seinem ganzen Gewicht an die Klinke hängen – vergeblich.

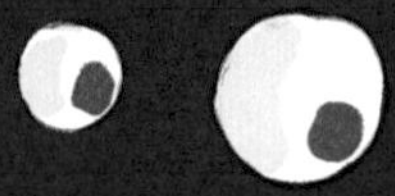

Mittlerweile war es im Wohnzimmer ruhig geworden. Ferris lauschte. Vielleicht war Otti Knirschke ja wieder eingeschlafen? Nein, ganz im Gegenteil! Otti Knirschke war wacher denn je. Eine brennende Kerze in der Hand, stand er in der Wohnzimmertür und blinzelte kurzsichtig in den Flur. Noch beunruhigender aber war die Schrotflinte in seiner anderen Hand. Und das gemeine Grinsen in seinem Gesicht. Wortlos kam er näher und näher.

Ferris blickte sich panisch um. Im Wäschekorb verstecken? Eher nicht, denn Otti Knirschke war schlau. Doch er hinkte. Anscheinend hatte er sich bei seinem Sturz verletzt. So würde er wohl kaum in den Keller hinunterkommen … Und schon preschte Ferris los, vorbei an Otti Knirschke, der mit überschnappender Stimme hinter ihm her brüllte: »Halt, du blöder Waschbär! Das ist ein Befehl!«

Erst in der Küche stoppte Ferris. Er riss die Falltür auf und holte tief Luft. Dann kletterte er in den finsteren Schacht. Krampfhaft hielt er sich an der schmalen Sprossenleiter fest und zog die Falltür hastig über sich zu. Nur Sekunden später trampelte Otti Knirschke äußerst aufgebracht durch die Küche.

»Hey, was geht denn da oben ab? Du bist heute schon der zweite, der bei mir vorbeischaut«, hörte Ferris in diesem Augenblick jemanden kichern. Erschrocken zuckte er zusammen, verfehlte die nächste Sprosse und dachte noch: Schade, das war's wohl mit meinem schönen Leben. Dann stürzte er hinab in die bodenlose Dunkelheit.

Überall an der Decke und an den Wänden zuckten rote, gelbe, blaue Blitze, als Ferris die Augen aufschlug. Tiefe Bässe wummerten in seinen Ohren ... War das womöglich das Katzenparadies? Das hatte er sich aber anders vorgestellt. Vorsichtig versuchte er, sich vom Rücken auf den Bauch zu drehen. Es schmerzte höllisch. Offensichtlich war er noch am Leben. Ein bisschen zumindest.

Die Musik wurde leiser. Er spürte einen Luftzug neben sich. »Na ...? Wieder wach?«, hörte er eine kratzige Stimme fragen.

Ferris drehte den Kopf zur Seite. »Wo bin ich?«

Aus glänzenden Knopfaugen funkelte ihn eine große Wanderratte vergnügt an. Sie trug einen silbern glitzernden Hosenanzug und eine Perücke mit bunten Rastazöpfchen. »Du bist in der **MAGIC-MAUS-DISCO** gelandet. Hals über Kopf sozusagen. Ich hab 'nen ganz netten Schrecken gekriegt, als du plötzlich runtergeplumpst bist. Übrigens ... Ich bin Jenny-Lou. Herzlich willkommen.« Sie griff nach seiner Pfote und schüttelte sie eine halbe Ewigkeit lang.

»Ich heiße Ferris«, stieß er mit zusammengebissenen Zähnen hervor. »Wenn du jetzt bitte wieder loslassen würdest? Ich bin nämlich verletzt.«

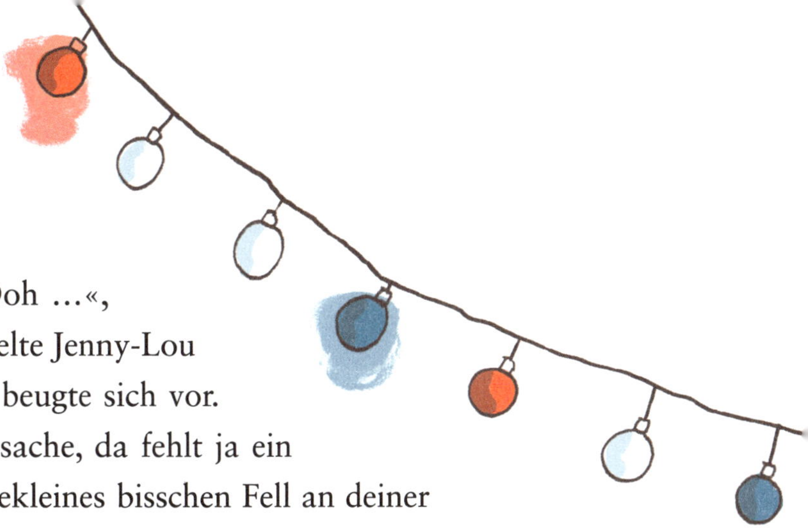

»Ooh ...«,
säuselte Jenny-Lou
und beugte sich vor.
»Tatsache, da fehlt ja ein
klitzekleines bisschen Fell an deiner
rechten Pfote. Du Ärmster!« Kichernd klatschte sie ihm auf die Schulter und fügte hinzu: »Keine Sorge, das ist nur abgeschürft. Wächst wieder nach.«

In diesem Moment verglühten die bunten Blitze. Wieder herrschte tiefe Dunkelheit.

»Mist! Immer das Gleiche!«, schimpfte Jenny-Lou. Ferris hörte, wie irgendwo hektisch ein Schalter nach dem anderen gedrückt wurde. »Da hat sich wahrscheinlich schon wieder eine Sicherung verabschiedet. Alles total überlastet, seit Otti Knirschke seine Eisenbahn aufgebaut hat. Na ja, ich geb zu, so ’ne Weihnachtsbeleuchtung braucht auch ganz schön Strom.«

»Weihnachtsbeleuchtung ...?« Ferris kicherte, obwohl ihm alles wehtat. »Ist das die von Otti Knirschke? Damit hat er doch letztes Jahr das ganze Haus geschmückt. Und die hängt jetzt hier?«

Jenny-Lou kicherte ebenfalls. »Macht sich ausgesprochen gut in unserer Disco. Zum Glück haben wir immer wieder ’ne Weile lang Strom. Du drüben in deiner Villa ja nicht, hab ich gehört. Ihr hockt ja komplett im Dunkeln.«

»Woher weißt du das?«

Jenny-Lou lachte laut auf. »Na hör mal. Alice und Marlene sind fast jeden Abend hier. Und da redet man auch mal miteinander. Ich dachte, du weißt, dass sie bei mir aushelfen.«

»Waaas?«, rief Ferris überrascht und richtete sich auf. »Alice und Marlene haben noch einen anderen Job? Sie sind jeden Abend hier?«

»Fast jeden«, verbesserte Jenny-Lou. »Heute hab ich sie aber noch nicht gesehen. Obwohl sie fest versprochen haben vorbeizukommen, sobald sie mit den Plakaten fertig sind. Sie wollten mir bei der neuen Deko helfen. Die beiden haben da immer so super Ideen, und dieses Mal ist es besonders wichtig, dass wir was richtig Cooles machen. Nächstes

Wochenende schmeißen wir hier nämlich unsere Mega-Party. Das wird *die* Chance, dass der Laden mal endlich so richtig läuft und Kohle bringt und …«

»Mo-Moment!«, fiel Ferris ihr ins Wort. Vor Aufregung hatte er einen gewaltigen Schluckauf bekommen. Erst als Jenny-Lou ihm ein paarmal auf den Rücken klopfte, beruhigte er sich wieder. »Ich suche die beiden verzweifelt. Heute Abend waren sie nämlich nicht zu Hause. Und was hast du mit diesen Plakaten gemeint?«

»Na, die Plakate für unsere große **MEGA-MÄUSE-WEEKEND-PARTY**. Irgendwie muss man ja Werbung machen. Alice und Marlene hatten die grandiose Idee, heute Vormittag an allen möglichen Straßenbahnhaltestellen Plakate anzukleben. Wer *in* sein will, muss zu der Party kommen. Da treten ein paar tolle Bands auf. **MÄUSETIGER**, zum Beispiel. Die sind gerade auf Tournee. Mein Freund Jonny kennt den Gitarristen persönlich und hat es geschafft, dass sie eine Stunde lang bei uns spielen. Wow! Das ist natürlich absolut genial. Ich hoffe bloß, dass es dann mit dem Strom hinhaut.« Sie lachte, aber es hörte sich nicht sehr fröhlich an. »Ist nämlich nicht gerade prickelnd, wenn hier zweihundert Mäuse abtanzen, und es wird ständig duster. Hast du zufällig Ahnung von Elektro und solchen Sachen?«

»Eher weniger«, murmelte Ferris. »Beruflich bin ich nämlich Schriftsteller.«

Gedankenverloren starrte er vor sich hin. Alice und Marlene hatten also Straßenbahnhaltestellen abgeklappert. Wie viele gab es davon wohl in der Stadt? Bestimmt jede Menge ... Die beiden Mäuse hatten das garantiert unterschätzt. Wahrscheinlich brauchten sie Tage, um überall Plakate aufzuhängen. Was eine entsetzlich lange Zeit ohne Hering in Tomatensoße bedeuten würde ... Mit einem Seufzer ließ Ferris den Kopf zwischen die Vorderpfoten sinken. Sein Magen stieß ein trauriges Knurren aus.

Jenny-Lou räusperte sich. »Sag mal, könntest du Alice und Marlene ausrichten, dass sie heute Abend unbedingt noch rüberkommen? **UN-BE-DINGT!**«,

wiederholte sie. »Egal, wie spät es ist. Allein schaff ich die Arbeit nämlich wirklich nicht.«

»Kein Problem.« Ferris lachte müde auf. »Vorausgesetzt, die beiden sind wieder daheim. Wobei ich eher vermute, dass sie Tage brauchen, bis sie alle Straßenbahnhaltestellen durch haben. Vielleicht sogar noch länger«, fügte er mit Grabesstimme hinzu. »Das sind ja verdammt viele Kilometer.«

»Quatsch! Du glaubst doch nicht im Ernst, dass Alice und Marlene so bescheuert wären, den ganzen Weg zu laufen. Sie brauchen ihre Füße schließlich fürs Tanzen. Nee, die beiden wollten natürlich mit der Straßenbahn fahren. Dann an jeder Station kurz aussteigen, Plakat ankleben und weiter geht's.«

»Aber warum sind sie dann immer noch nicht zurück?«, fragte Ferris und bewegte vorsichtig seine schmerzende Vorderpfote.

Eine Weile blieb es still. Schließlich seufzte Jenny-Lou: »Wenn ich das nur wüsste. Je länger ich darüber nachdenke, desto weniger gefällt mir die ganze Sache. Müssen wir uns Sorgen machen? ... Ich fürchte, ja.«

# In der Unterwelt

Ferris schreckte auf, als unversehens die bunten Glühbirnchen wieder zu blinken begannen.

»He …«, sagte Jenny-Lou und stieß ihn an. »Versteh's nicht falsch, aber es wäre nett, wenn du jetzt wieder abhaust. Die Disco macht nämlich gleich auf. Und ich will nicht, dass unsere Gäste Panik kriegen. Viele haben mit deiner Sorte schlechte Erfahrungen gemacht.« Sie senkte ihre Stimme zu einem Flüstern. »Du weißt, wen ich meine.«

Ferris blickte sie erschrocken an. »Die … **QUEEN?**«

Jenny-Lou nickte. »Leider. Für ein Weilchen war ja Ruhe, aber jetzt stresst sie wieder. Letzte Woche hat sie mir aufgelauert. Keine Ahnung, weshalb. Wahrscheinlich wollte sie einfach nur Stunk machen. Frag nicht, wie schnell ich im nächsten Gully verschwunden bin. Obwohl ich eigentlich nicht so der ängstliche Typ bin.«

Ferris stöhnte leise auf. Das hatte gerade noch gefehlt. Die Queen war so ungefähr das Allerschlimmste, was er sich vorstellen konnte. Sie wohnte wenige Straßen weiter und gab dauernd damit an, von einer preisgekrönten Siamkatze abzustammen. Und dass ihr Fell das weißeste Weiß der ganzen Welt hatte. Viel schlimmer aber: Sie nahm sich immer, was sie wollte. Wie man so hörte, hatte sie null Gewissen. Angeblich war sie auch Europameisterin in Katzenkarate und hatte ganz allein ein Rudel fürchterlich kläffender Polizeihunde in die Flucht geschlagen. Kein Wunder, dass jeder gewaltig Schiss vor ihr hatte. Auch Ferris – obwohl er das natürlich niemals zugegeben hätte.

Erneut stieß Jenny-Lou ihn an. »Also, wenn du jetzt bitte …«

»Selbstverständlich, selbstverständlich.« Mit einer Kopfbewegung deutete er zu der steilen Leiter. »Wohl am besten da wieder hoch?«

»Wenn du Otti Knirschke direkt in die Arme laufen willst, dann nur zu.« Jenny-Lou kicherte. »Der hockt unter Garantie mit seinem Gewehr auf einem Küchenstuhl und starrt auf die Falltür. Falls dich meine Meinung interessiert: Ich an deiner Stelle würde mich da oben lieber nicht blicken lassen.«

»Aber wie komme ich dann hier raus?« Ferris sah sich suchend um. »Wie machen das deine Gäste? Marschieren sie einfach so an Otti Knirschke vorbei? Und der wünscht ihnen dann einen vergnügten Abend?«

Jenny-Lou lachte. Ihre großen weißen Zähne blitzten. »Ich verrat dir was! Aber das behältst du gefälligst für dich. Das ganze Haus ist von Mäusegängen durchlöchert wie ein Schweizer Käse. Für unsere Gäste ist es also überhaupt kein Problem, in die Disco zu kommen und auch wieder raus. Otti Knirschke hat davon natürlich null Ahnung. Das soll auch so bleiben, klar? Und was deinen Heimweg angeht … Da bleibt nur der Abwasserkanal.«

Ferris schluckte. »Abwa…«

»Abwasserkanal«, wiederholte Jenny-Lou. »Da vorn ist das Abwasserrohr. Nach ungefähr zweihundert Metern im Kanal geht es links ab, dann zwei Mal rechts, gleich danach links und dann wieder rechts. Du kommst im Keller der Schule raus. Wenn du das dritte Fenster von links nimmst, stehst du direkt im Schulhof. Jetzt guck mich nicht so an! Ich bin ständig in der Kanalisation unterwegs. Wie du siehst, lebe ich noch.«

»Das ist ja wohl kein Kunststück. Du bist eine Ratte. Ich bin ein Kater.«

»Wenn dir die Kugeln von Otti Knirschke lieber sind ... Von mir aus. Obwohl mir der Gedanke überhaupt nicht gefällt, dass er dann womöglich auch gleich noch einen Blick in seinen Keller wirft.« Jenny-Lou streckte sich und rieb sich die Vorderpfoten. Erst jetzt fiel Ferris auf, wie groß die Ratte war. Und wie durchtrainiert. Sich mit ihr anzulegen, wäre vermutlich nicht sehr klug.

»Also gut, du hast mich überzeugt. Ich nehme den Kanal«, murmelte er.

Er schlotterte an allen Gliedern, als er sehr langsam aufstand und hinüber zum Abwasserrohr schlich. Was hatte Jenny-Lou gesagt? Zuerst links, dann zwei Mal rechts, dann links, dann wieder rechts. Doch wo zum Teufel noch mal war links?

»Pass auf, dass du an der ersten Abzweigung nicht aus Versehen rechts abbiegst. Sonst verläufst du dich und landest womöglich im Klärwerk!«, rief Jenny-Lou ihm hinterher. »Das täte mir echt leid für dich. Schönen Abend noch.«

»Ebenfalls«, knurrte Ferris, als er die Klappe des engen Fallrohrs hob. Sollte er wirklich? Anscheinend blieb ihm nichts anderes übrig.

Er hielt die Luft an und zwängte sich in das Rohr. Es klappte nur, weil er seit dem Mittag nichts mehr gegessen hatte. Entsetzlich langsam rutschte er nach unten. Was, wenn er stecken blieb? Doch bevor er diesen schrecklichen Gedanken zu Ende gedacht hatte, spürte er schon wieder festen Boden unter den Pfoten. Er war heil im Abwasserkanal gelandet.

Sofort machte er sich auf den Weg. Finster war es, unablässig tropfte es von der Decke, und eine stinkende Brühe schoss gurgelnd neben ihm durch den Kanal. Doch Ferris

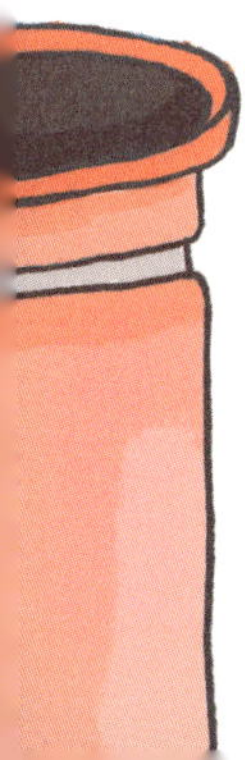

bemerkte nichts davon. Er war damit beschäftigt, pausenlos vor sich hin zu murmeln: »Links, rechts, rechts, links, rechts …« Auf gar keinen Fall durfte er sich vertun.

Mit einem Mal verzweigte sich der Kanal. Ferris blieb stehen. Hier also musste er nach links. Aber wo war links? Sosehr er sich auch zu erinnern versuchte, er wusste es einfach nicht. Schließlich nahm er seinen ganzen Mut zusammen und machte ein paar Schritte in die eine Richtung. Doch schon nach wenigen Metern kehrte er kopfschüttelnd wieder um und nahm die andere Abzweigung. Dann wieder die andere. Was aber auch nichts besser machte. Immerzu hämmerte Jenny-Lous Warnung in seinen Ohren. Klärwerk … Klärwerk … Klärwerk …

Verzweifelt schlug er sich irgendwann die Pfoten vors Gesicht. Doch mitten in der Bewegung stoppte er. Seine Pfote schmerzte höllisch … Hatte Jenny-Lou nicht gesagt, dass ein bisschen Fell an seiner *rechten* Pfote abgeschürft war? Prüfend beäugte er beide Pfoten. Dann sprang er vor Freude in die Höhe. Dass er sich dabei den Kopf an der niedrigen Decke stieß, störte ihn nicht. »Jaaa!«, rief er triumphierend. »Ich hab's!«

»Hab's … Hab's … Hab's …« Schaurig hallte das Echo durch den Kanal. Doch Ferris nahm es nicht einmal wahr. Zum ersten Mal in seinem langen Katerleben wusste er ganz genau, wo rechts und wo links war. Siegessicher grinsend, nahm er die linke Abzweigung. Nun war der restliche Weg ein Kinderspiel. Trotz seiner schmerzenden Pfote sauste er nur so durch das Kanalsystem. Schließlich kletterte er im Keller der Grundschule heraus. Wie Jenny-Lou versprochen hatte, führte das dritte Fenster von links direkt auf den Schulhof. Von dort aus machte er sich zum zweiten Mal an diesem Tag zu einem längeren Fußmarsch auf.

Die Kirchturmuhr schlug zwei, als er erschöpft in den friedlich schlafenden Schwalbenweg einbog. Die Villa lag in tiefer Dunkelheit. Die Haustür war verriegelt, alle Fenster waren verschlossen. Und garantiert hatte Uwe wie jeden Abend die Alarmanlage eingeschaltet.

»He! Uwe! Rüdiger!«, rief Ferris und warf ein Kieselsteinchen nach dem anderen gegen die Fensterscheiben. »Aufmachen! Ich bin's!«

Er hatte die Hoffnung schon fast aufgegeben, als endlich ein verschlafenes Gesicht am Küchenfenster auftauchte. »Aber hallo«, brummelte Rüdiger und öffnete das Fenster. »Das ist ja vielleicht eine Überraschung! Hast du Alice und Marlene gefunden?«

Ferris schüttelte den Kopf und sprang mit einem

Ächzen in die Küche. Uwe lag zusammengerollt auf der Eckbank und fuhr erschrocken in die Höhe. »Ka-Ka-Ka-Katastrophe«, murmelte er schlaftrunken. »Wo warst du? Und warum stinkst du so?«

»Während ihr gemütlich pennt, habe ich schwer gearbeitet. Und erfolgreich, würde ich sagen. Ich habe nämlich herausgefunden, wo Alice und Marlene stecken«, sagte Ferris stolz. »Sie sind gestern mit der Straßenbahn in der Stadt herumgefahren. Um an den Haltestellen Plakate für die **MAGIC-MAUS-DISCO** aufzuhängen. Also werden wir uns die Haltestellen genauer anschauen.« Er zögerte. Sollte er erzählen, dass die Queen wieder aufgetaucht war? Doch dann würden Uwe und Rüdiger sich nur die ganze Nacht über Sorgen machen. Zumindest Uwe war nämlich ausgesprochen ängstlich.

»Hä?«, fragte Rüdiger verdutzt. »**MAGIC-MAUS-DISCO?** Plakate? Klärst du uns mal auf?«

Ferris gähnte herzhaft. »Alles zu seiner Zeit. Nach dem, was ich heute erlebt habe, brauche ich erst mal eine Runde Schlaf. Gute Nacht.«

»Ich würde eher sagen: Stinkige Nacht«, sagte Uwe kichernd.

Ferris warf ihm einen erbosten Blick zu. Doch dann

schnupperte er. Tatsächlich, es roch etwas streng in der Küche.

Rüdiger, der sich schon die ganze Zeit über die Nase zuhielt, näselte: »Chef, wie wär's mit mit 'nem Vollbad? Ich hab mich vorhin mal ein bisschen im Haus umgeschaut. Im Spiegelschrank steht eine große Flasche Lavendelschaumbad. Und was mit Veilchenduft ist auch da, glaube ich.«

Ferris wollte protestieren. Er hatte in seinem ganzen Leben noch nie gebadet, weder in Lavendelschaumbad noch in Veilchenduft. So etwas machte man als Kater einfach nicht. Allerdings musste er zugeben: Noch nie im Leben hatte er so grauenhaft gestunken. »Mal sehen«, murmelte er. »Aber beschwert euch bloß nicht, wenn ich morgen nach Lavendel oder Veilchen stinke. Gute Nacht.«

Er schlich die breite Holztreppe hinauf ins Obergeschoss. Dort gab es drei kleine Zimmer, vollgestopft mit dunklen, alten Möbeln. Im letzten stand die gemütliche kaputte Waschmaschine, in der Ferris sich jetzt zu gern verkrochen hätte. Wenn er nur nicht so stinken würde! Einen Augenblick überlegte er, ob er seine Hängematte im Garten aufhängen und dort übernachten sollte. Auf diese Weise würde er bestimmt gründlich auslüften. Doch dann hörte er Schritte auf der Treppe und rief schnell: »Alles klar, bin schon im Bad.«

Missmutig öffnete er die Badezimmertür und schloss hinter sich ab. Missmutig ließ er Wasser in die Wanne, missmutig kippte er die Flasche mit lila Lavendelschaumbad hinein. Dann rollte er sich auf dem Klodeckel zusammen, um erst einmal gründlich nachzudenken. Er war gerade eingeschlafen, als von draußen an die Badezimmertür gehämmert wurde.

»Wie gefällt's dir in der Wanne?«, rief Rüdiger. »Macht doch massig Spaß! Oder?«

»Und wie! Da will man überhaupt nicht mehr raus«, schwindelte Ferris. »Kann gut sein, ich bleibe die ganze Nacht drin.«

Einen Moment lang war es ruhig. Dann fragte der Waschbär argwöhnisch: »Ist wirklich alles okay bei dir? Es ist so komisch ruhig da drin.«

Ferris verkniff sich einen Seufzer. Ihm würde wohl nichts anderes übrig bleiben, als mit der Pfote ein bisschen im Wasser herumzuplantschen. Gähnend beugte er sich vor – und landete mit einem gewaltigen **PLATSCH!** in der Badewanne.

»Aber hallo!«, rief Rüdiger zufrieden. »Jetzt hab ich's ganz deutlich gehört. Dir macht das Baden wirklich massig Spaß!«

»Und wie«, japste Ferris, als er endlich aus dem Schaumberg auftauchte. Jetzt hielt *er* sich angewidert die Nase zu.

»Übrigens!«, hörte er Rüdiger rufen. »Ich hab gedacht, ich mach mich mal ein bisschen nützlich im Haus. Du sollst ja schließlich merken, dass du jetzt einen Hausmeister hast. Also, als Erstes werde ich morgen die Waschmaschine reparieren. Ich muss nur noch einen Schlauch besorgen. Und die Sache mit dem Strom kriege ich auch hin. Im Wohnzimmer steht ein uralter Generator, den muss man nur noch flott machen. Ich sag's dir gleich: Das wird nicht ganz einfach. Aber ich liebe Herausforderungen. Dann schieben wir die Waschmaschine ins Bad und können endlich mal wieder Wäsche waschen.«

»**WAAAAS?**« Ferris schoss senkrecht in die Höhe, und ein Schwall Wasser schwappte über den Wannenrand. Die kaputte Waschmaschine war sein absoluter Lieblingsschlafplatz und sollte es gefälligst bleiben. Alles Mögliche hatte er ausprobiert: den Schaukelstuhl im Wohnzimmer, das Wäschefach im Schrank, die Bank am Kachelofen. Nirgendwo war es so gemütlich wie in der alten Waschmaschine. Bis zum Letzten würde er sie gegen Rüdigers Reparaturversuche verteidigen.

»Keine Ursache!«, rief der Waschbär. »Das mache ich doch gern! Gute Nacht!«

»Gute Nacht«, murmelte Ferris und sank zurück ins Schaumbad. Noch eine Weile wartete er, denn er wollte ganz sicher sein, dass Rüdiger verschwunden war. Dann endlich hievte er sich aus der Wanne und schlich tropfnass aus dem Badezimmer. Er hatte nur noch drei Wünsche: Waschmaschine. Schlafen. Träumen. Am allerliebsten von Hering in Tomatensoße. Und bloß nicht von der Queen.

# Post

Es war bereits später Vormittag, als Ferris endlich aufwachte. Noch benommen vom Schlaf, reckte er sich und spürte doch sofort, dass irgendetwas anders war als sonst. Zum einen hatte er heftigeren Hunger als üblich. Aber da war noch etwas. Er schnupperte. Dann verzog er angewidert das Gesicht. In der Waschmaschine stank es grauenhaft! Nach Lavendel! Entsetzlich!

Hastig kletterte er nach draußen. Aber dadurch wurde überhaupt nichts besser. Der Gestank war immer noch da. Wieder schnupperte er. Dann wurde ihm endlich klar, dass *er* es war, der so scheußlich roch. Die vergangene Nacht fiel ihm wieder ein – und das Schaumbad. Wie konnte er diesen widerlichen Geruch nur wieder loswerden? Nochmals in die Badewanne, dieses Mal aber ohne Schaumbad? »Niemals«, sagte er laut und mit fester Stimme. Lieber würde er die nächsten Tage im Garten verbringen und gründlich auslüften. Vorausgesetzt, das Wetter blieb sonnig. Bei Regen müsste man sich eben an den Gestank gewöhnen.

Ferris sprang aufs Fensterbrett und blickte prüfend nach draußen. Sofort hatte er das Wetter vergessen, denn was er in seinem Garten sah, ließ seinen Atem stocken. Ein dicklicher Typ mit Schlapphut, verspiegelter Sonnenbrille und Lederjacke machte sich an seinem Motorrad zu schaffen! Und wenn Ferris sich nicht täuschte, hatte sich der Kerl auch noch Rüdigers Schal um den Hals geschlungen. Na warte, dachte er, wenn das der Waschbär mitkriegt.

Am liebsten hätte Ferris sofort das Fenster aufgerissen und den unverschämten Kerl zur Rede gestellt. Doch dann fiel ihm ein, dass er für diese Aufgabe ja seinen Sicherheitsbeauftragten hatte. Ohne anzuklopfen, stürmte er hinüber in das ehemalige Schlafzimmer des Konservenfabrikanten. Die Schublade der Kommode, in der Uwe normalerweise schlief, stand weit offen. Dort lagen sorgfältig zusammengerollte Sockenpaare, der dreiseitige Arbeitsvertrag, ein paar bunte Flummibälle und Helm und Sicherheitsweste – doch von Uwe keine Spur! Was Ferris merkwürdig vorkam, denn ohne seine Ausrüstung machte das Eichhörnchen normalerweise keinen einzigen Schritt.

»Siebenundachtzig, achtundachtzig …«, hörte er in diesem Moment jemanden hinter sich keuchen.

Er fuhr herum. »Was gibt denn das?«, rief er, als er Uwe entdeckte, der mit den Vorderpfoten an der Gardinenstange hing.

»Neunundachtzig, neunzig … Was das gibt? Siehst du doch! Klimmzüge. Macht Muckis. Brauche ich für meinen Job. Einundneunzig, zweiundneunzig …«

»Schluss damit!«, rief Ferris energisch. »Du kannst deine Muskeln sofort einsetzen. Jemand versucht gerade, mein Motorrad zu klauen.«

In Sekundenschnelle war Uwe in seine Schublade

gehüpft. Genauso schnell hatte er sich den Helm aufgesetzt und die Weste übergezogen. »Geschwindigkeit ist in meinem Job alles«, murmelte er, während er Notizblock und Bleistift aus einer der Taschen zog. »Also: Wer? Wo? Was?«

»Was …? Wer? Wo? Was?«, fragte Ferris entgeistert.

»Chef! Ich muss doch erst mal wissen, wer es ist. Wo er ist. Und was er genau macht.«

Und schon hockte Ferris auf dem Fensterbrett und starrte nach draußen. »Woher soll ich wissen, wer es ist? Das musst du rausfinden. Jedenfalls ist der Kerl im Garten. Aha, wie es aussieht, will er das Motorrad gar nicht klauen. Das ist ja noch viel schlimmer! Er macht es kaputt! Mein schönes Motorrad! Jetzt schraubt er den Lenker ab und …!«

»Und?«, fragte Uwe, der alles säuberlich notiert hatte. »Was macht er jetzt?«

Doch da reichte es Ferris. Schon hatte er das Fenster aufgerissen und war mit einem gewaltigen Sprung im Beet mit den verblühten Astern gelandet. Noch ein weiterer Sprung, und er hing dem unverschämten Kerl im Nacken. Außer sich vor Zorn krallte er sich in der Lederjacke fest.

Der Kerl stieß einen überraschten Schrei aus. »Aber hallo! Was gibt denn das?«

Ferris blinzelte ungläubig. Zögernd ließ er los und plumpste ins Gras. »Rüdiger …?«

Der Waschbär zog die Lederjacke glatt. »Na klar. Wer denn sonst? Ist irgendwas passiert?«

»Ehm … Ich hab dich nicht gleich erkannt. Ich wollte nur mal schauen, was du hier so machst.«

»Sag ruhig, dass meine Verkleidung supergenial ist.« Rüdiger grinste breit. »Ich hab mir gedacht, ich warte mit der Waschmaschine lieber, bis du ausgeschlafen hast, und reparier erst mal dein Motorrad. Aber wenn Otti Knirschke mich sieht, greift er

womöglich wieder zur Flinte. Da ist mir eingefallen, wo er immer seine Klamotten holt. Also hab ich mich heute Morgen auch mal am Altkleidercontainer bedient. Eine solche Lederjacke wollte ich schon immer mal haben.«

Aus den Augenwinkeln nahm Ferris eine Bewegung wahr. Er spähte zum Nachbargrundstück hinüber. Dort hatte Otti Knirschke sich ein dickes Sofakissen ins Fenster gelegt, hielt sich die eine Backe und starrte mit unbewegter Miene zu ihnen herüber. Ferris hob grüßend die Pfote. Er stieß den Waschbären an.

»Ungern«, murrte der. »Ich hab noch nicht vergessen, was heute Nacht los war.« Doch als Ferris ihn erneut anstieß, grüßte er ebenfalls.

»Ahoi!«, rief Otti Knirschke mit zusammengebissenen Zähnen. Es klang leiser als sonst, und es klang auch weniger gut gelaunt. Genau genommen hörte es sich nach äußerst schlechter Laune an.

Ferris zwinkerte Rüdiger zu. »Bestimmt ärgert er sich immer noch, dass ihm der fette Waschbär entwischt ist. Du kannst also beruhigt weitermachen. Er erkennt dich nicht. Sobald du mit dem Motorrad fertig bist, fahren wir los. Und zwar zu sämtlichen

Straßenbahnhaltestellen. Wäre doch gelacht, wenn wir Alice und Marlene nicht finden würden. Mannomann, habe ich einen Bärenhunger! Am besten nehmen wir ein paar Dosen mit. Dann können die beiden sie gleich öffnen ... Also, wie lange brauchst du noch, bis das Motorrad wieder läuft?«

»Bis morgen krieg ich's vielleicht hin. Oder eher übermorgen. Am Lenker ist einiges verbogen.« Rüdiger ging in die Hocke und rüttelte fachmännisch am Hinterrad. »Und der Auspuff muss unbedingt auch gemacht werden ... Na ja, ich würde doch sagen, nicht vor übermorgen.«

»**ÜBERMORGEN?** Das ist nicht dein Ernst!« Ferris schüttelte entsetzt den Kopf. »Bis dahin bin ich verhungert. Nein, wir müssen sofort los. Dann nehmen wir eben auch die Straßenbahn.«

Was, wie er kurz darauf feststellen musste, gar nicht so einfach war.

Mit verschränkten Armen hockte Uwe auf der Treppe vor der Eingangstür. Seine Oberlippe zitterte, als er sagte: »Ohne mich! Ich bin nur dabei, wenn Rüdiger diese alberne Verkleidung auszieht.«

»Alberne Verkleidung? Aber hallo! Freundchen,

pass auf, was du sagst!« Rüdiger lehnte sich so schwungvoll gegen das Geländer, dass es unter seinem Gewicht leise ächzte. »Was mich angeht: Ich komme nur mit, wenn du den Helm abnimmst. Und deine komische Weste ausziehst. Das ist nämlich oberpeinlich! Es fehlt nur noch das Blaulicht. Wir machen schließlich keinen Katastrophen-Einsatz. Wir fahren bloß mit einer stinknormalen Straßenbahn in der Gegend herum.« Aufgebracht fuchtelte er mit seiner Sonnenbrille und blickte Ferris an. »Ich würde sagen, das muss der Chef entscheiden. Wer macht den Job besser und kommt mit? Uwe oder ich?«

Ferris verzog das Gesicht zu einem müden Grinsen. Zum ersten Mal seit längerer Zeit war er ratlos. Und erschöpft. Was ausschließlich an der gähnenden Leere in seinem Magen lag. Er griff nach seinem Rucksack, und sieben Konservendosen mit Hering in Tomatensoße klapperten leise, aber verheißungsvoll vor sich hin.

»Genau! Der Chef soll entscheiden!«, rief Uwe. »Ich habe übrigens schon einen exakten Plan für unsere Operation ausgetüftelt. Stufe eins: Straßenbahnhaltestelle checken. Stufe zwei …«

Weiter kam er nicht, denn Ferris stieß einen überraschten Schrei aus. Mit einem Satz war er auf der Gartenbank, deren frische Farbe noch immer nicht ganz trocken war. Doch das fiel Ferris gar nicht auf. Er hatte nur Augen für den knallroten Haarreif, der dort lag. Dieser Haarreif war sein Geburtstagsgeschenk für Alice gewesen!

»Boah, bin ich aber froh!«, rief Uwe. »Sieht ganz danach als, als wären die beiden Disco-Mäuse wieder da!«

Lachend klatschte er Rüdiger ab. Ihren Streit hatten sie vergessen.

Auch Ferris strahlte. Das Leben war wieder wunderbar. Alice und Marlene würden drei Mal täglich Konservendosen öffnen. Sie würden heimlich bei Otti Knirschke mit der Spielzeugeisenbahn fahren und ab und zu in der **MAGIC-MAUS-DISCO** aushelfen. Das Leben in der Villa würde endlich wieder so sein wie früher. Doch diese wunderschönen Gedanken wurden jäh unterbrochen.

»**KA-KA-KA-KATASTROPHE!**«, rief Uwe und hüpfte durch das Gras.

»Hör endlich auf mit dem Quatsch!«, schimpfte Ferris. »Das ist nun wirklich keine Katastrophe.«

Stirnrunzelnd musterte er seine Vorderpfoten, deren Ballen scheußlich rot glänzten. Warum konnte Rüdiger nicht wie Tausende anderer Hausmeister nützliche Sachen machen? Für Strom sorgen, zum Beispiel? Den Wohnzimmerboden reparieren? Der drohte nämlich durchzubrechen. Endlich das Gartentor einhängen …

»**KA-KA-KA-KATASTROPHE!**«, rief Uwe schon wieder. »Ich spür das ganz genau.« Er war auf den Briefkasten geklettert, aus dessen Klappe ein brauner Briefumschlag herausragte.

Ferris' Herz schlug plötzlich schneller. Es war absolut ungewöhnlich, dass Post kam. Wer sollte ihm auch schon schreiben? »Kein Grund zur Panik«, sagte er, als er den zerdrückten Umschlag herausfischte. »Das ist bestimmt für Otti Knirschke. Kann doch sein, dass er Geburtstag hat.«

Doch der Brief war nicht für Otti Knirschke. Der Brief war

**füR FeRriS**

Jemand hatte die Buchstaben fein säuberlich aus einer Zeitung ausgeschnitten und aufgeklebt.

Ferris' Herz hämmerte wie wild. Mit zitternden Pfoten riss er den Umschlag auf. Er enthielt einen kleinen Zettel, auf dem nur ein einziger Satz stand:

**LÖSEgELd 1oO hÄRIng**
**IN TomATEnSoSSE**

»Doch Katastrophe?«, fragte Rüdiger vorsichtig.

Ferris nickte bloß. Wütend zerknüllte er den Zettel.

# Endlich eine Spur

Immer noch hockten Ferris, Uwe und Rüdiger auf der Treppe vor der Villa. Vor ihnen lag der Zettel, den Uwe wieder glatt gestrichen hatte. »Den brauchen wir noch«, sagte er. »Irgendwas stimmt damit nicht. Wenn ich bloß wüsste, was.« Immer wieder nahm er den Brief in die Pfoten, drehte und wendete ihn. Dann schrieb er etwas in sein Notizbuch. Schließlich klappte er es zu und räusperte sich. »Alle mal zuhören! Ganz klar, dahinter steckt ein Profi. Er kidnappt Alice und Marlene, und damit wir Lösegeld zahlen, braucht er einen Beweis dafür, dass er sie in seiner Gewalt hat. Also, was nimmt er? Genau, den Haarreif von Alice. Was ich bei der ganzen Sache aber nicht kapiere: Warum schreibt er nicht, was wir mit dem Hering machen sollen? Sollen wir ihn einfach so auf die Straße stellen? Keine gute Idee. Garantiert schleppt Otti Knirschke die Konserven dann sofort in seine Küche.« Er runzelte nachdenklich die Stirn. »Irgendwie komisch. Also ist es wohl doch kein Profi ...«

Rüdiger kratzte sich ausgiebig am Kinn. »Aber hallo«, murmelte er schließlich. »Du bist ja ein echter Sherlock Holmes. Ich hab auch gleich gespürt, da ist was oberfaul.«

Ja, irgendetwas war da oberfaul. Ferris nickte. »Das ist ziemlich viel Arbeit, all die Buchstaben auszuschneiden«, überlegte er laut. »Ich bin sicher, wir kriegen demnächst noch mal Post. Außerdem ...« Er verstummte. In seinem schlauen Katzenhirn war plötzlich ein beunruhigender Gedanke aufgeblitzt. Hatte Jenny-Lou etwas damit zu tun? Clever war sie, zweifellos. Mit wenigen Sätzen erzählte er, was er am Abend zuvor in Otti Knirschkes Keller erlebt hatte, und fügte hinzu: »Ich stell mir das ungefähr so vor: Jenny-Lou hört von mir, dass die Mäuse verschwunden sind. Das bringt sie auf die Idee mit dem Erpresserbrief. Ich glaube nämlich nicht, dass die Disco richtig gut läuft. Sonderlich viel Eintritt kann Jenny-Lou nicht verlangen, wenn ständig der Strom ausfällt. Und das bisschen, was eine Maus am Abend so trinkt … Hundert Dosen Hering in Tomatensoße bringen dagegen ’ne schöne Stange Geld. Und den Haarreif kann Alice ja irgendwann mal in der Disco verloren haben.«

Er stutzte. Sein Blick war auf das Reklameschild über der Eingangstür gefallen.

»Ist noch was?«, wollte Uwe wissen.

Ferris grinste. »Du hast recht. Mit dem Brief stimmt etwas nicht. Wer auch immer die Buchstaben ausgeschnitten hat … Er weiß nicht, dass man Hering mit E und nicht mit Ä schreibt. Aber eine echte Spur ist das leider auch noch nicht. Wir dürfen jedenfalls keine Zeit mehr verlieren. Ich schau mich allein an den Straßenbahnhaltestellen um. Ihr könnt euch währenddessen um die Mäusedisco kümmern. Vielleicht kriegt ihr ja was aus Jenny-Lou raus.«

»Aber hallo! Was ist, wenn Otti Knirschke wieder mit seiner Flinte rumfuchtelt?«, protestierte Rüdiger. »Mir ist das echt zu gefährlich da drüben.«

»Ach was.« Ferris leckte sich verdrossen die Fußballen, doch die rote Farbe ging einfach nicht ab. »Ich seh da überhaupt kein Problem. Erstens ist deine Verkleidung perfekt. Zweitens hat Otti Knirschke vor einer Minute das Haus verlassen und kommt die Straße entlang.«

Tatsächlich schlurfte Otti Knirschke gerade an der Villa vorbei. Er trug einen dunkelblauen Nadelstreifenanzug, dessen Hosenbeine gewaltig zu kurz waren, und einen Strohhut mit buntem Band. »Musch schum Schanarscht!«, nuschelte er. »Schlimme Schahnschmerschen!« Er winkte ihnen flüchtig zu. »Ahoi.«

Ferris und Uwe winkten zurück.

»Der Ärmste«, sagte Uwe mitfühlend. »Zahnschmerzen sind echt Mist.«

»Sag bloß, du hast Mitleid mit dem verrückten Kerl.« Rüdiger tippte sich an die Stirn. »Denk lieber dran, dass er mich erschießen wollte. Dafür kann er jetzt ruhig Zahnschmerzen haben. Das ist mehr als gerecht.«

Von der Straße her erklang ein dumpfes **TOK-TOK-TOK.** Gleichzeitig stieg eine dicke schwarze Rauchwolke auf. Das bedeutete, Otti Knirschke hatte seinen Traktor zum Laufen gebracht. Ferris griff blitzartig nach seinem Rucksack. Diese Chance, um einen Fußmarsch herumzukommen, würde er sich bestimmt nicht entgehen lassen. Er spurtete los.

Keine Minute später duckte er sich hinter dem ahnungslosen Otti Knirschke auf dem Anhänger. Bequem war es jedoch nicht. Denn vom letzten Markttag waren noch jede Menge Kohlköpfe übrig. Während der Traktor über das holprige Kopfsteinpflaster rumpelte, kullerten sie kreuz und quer über die Ladefläche. Noch schlimmer wurde es auf einem Feldweg mit tiefen Schlaglöchern. Da schossen die

Kohlköpfe nur so hin und her, und immer wieder wurde Ferris getroffen. Aber er hielt durch. Er sprang erst ab, als der Traktor vor einer Zahnarztpraxis in der Bienenstraße anhielt. Nie wieder würde er mit Otti Knirschke fahren, schwor er sich. Bestimmt hatte er sich jede Menge blauer Flecken geholt.

Zum Glück waren es nur wenige Minuten bis zur nächsten Straßenbahnhaltestelle. Seit Jahren war Ferris dort nicht mehr gewesen. Schon von Weitem sah er den kleinen Kiosk, an den er sich noch genau erinnerte. Früher hatten Kinder dort Eis gekauft und Süßigkeiten, doch jetzt waren die Rollläden heruntergelassen. Beim Näherkommen bemerkte er, dass jemand mit schwarzer Farbe Strichmännchen darauf gesprüht hatte. Und mittendrin klebte ein knallbuntes Plakat.

**Hey – schon was vor am Wochenende????**
**Wie wär's mit der**

**MEGA-MÄUSE-WEEKEND-PARTY???**

**Hier gibt's die allerbeste Musik – natürlich mit der allerbesten Band:**

Hier kommt **MÄUSETIGER** – extra für euch!

Das **MEGA-ERLEBNIS** für alle **COOLEN MÄUSE!**

Wir freuen uns auf euch!

Jenny-Lou und ihr Team

Ferris atmete erleichtert auf. Endlich hatte er eine Spur. Alice und Marlene waren hier gewesen. Also würde er jetzt sämtliche Haltestellen abfahren und unterwegs die Augen offen halten. Bestimmt entdeckte er die beiden Mäuse irgendwo. Und der Erpresserbrief war wohl doch nur ein dummer Scherz gewesen, vielleicht wirklich von Jenny-Lou.

Im Wartehäuschen sprang er auf eine Bank und versuchte, den ziemlich komplizierten Fahrplan zu verstehen. So wie es aussah, sollte alle fünfzehn Minuten eine Straßenbahn kommen. Seltsamerweise war aber weit und breit niemand zu sehen. Die ganze Straße war wie ausgestorben.

Ungeduldig tigerte er eine Weile auf dem Gehweg auf und ab. Nach einer gefühlten Ewigkeit schlug in der Nähe eine Kirchturmuhr drei. Ferris' Schnurrhaare bebten vor Empörung. Das war doch jetzt sicher schon eine halbe Stunde, die er vergeblich wartete!

»Kann ich dir helfen?«

Ein riesiger schwarzer Rabe war direkt neben ihm auf einem Trafohäuschen gelandet. Auf seinem roten Käppi stand:

**Jonnys Lufttaxi – fix wie nix**

»Wo soll's denn hingehen?«, fragte er.

»Zur Endhaltestelle. Die Straßenbahn müsste eigentlich längst da sein.«

Jonny krächzte so laut, dass Ferris sich am liebsten die Ohren zugehalten hätte. Er brauchte einen Moment, bis ihm klar wurde, dass der Rabe lachte.

»Da kannst du warten, bis du schwarz wirst!«, rief Jonny und hörte gar nicht mehr auf zu lachen. »Heute kommt keine mehr. Morgen auch nicht. Vielleicht sogar die ganze Woche nicht. Bei der Straßenbahn wird nämlich seit heute gestreikt.« Seine Stimme wurde wieder ernst. »Also viel Spaß, falls du vorhast, bis dahin zu laufen. Da bist du ja 'ne ganze Weile unterwegs. Die Strecke ist übrigens megagefährlich. Ich sage nur: Schnellstraße! Du weißt ja, wie die Autos heutzutage rasen. Falls du es aber lieber sicher und komfortabel willst ...«

Sicher und komfortabel? Genau das wünschte Ferris sich. Erwartungsvoll blickte er den Raben an. »Ja?«

»Ich biet dir meinen Taxi-Service an. In sieben Minuten sind wir an der Endhaltestelle. Du kriegst auch einen echten Sonderpreis.« Jonny legte den Kopf schräg und beäugte den Kater listig.

Ferris zögerte. Von Lufttaxis hatte er schon öfter gehört. Doch richtig wohl war ihm nicht bei dem Gedanken an einen Flug. Soweit er wusste, saßen die Passagiere in einer kleinen Gondel, welche der Rabe an einem Gurt trug. Angeblich war es eine sichere Sache. Doch was, wenn Jonny irgendwo dort oben Schluckauf bekam? Oder plötzlich ein Sturm losbrach? Oder, noch schlimmer, ein Gewitter mit Blitz und Donner?

Der Rabe flatterte hinter das Trafohäuschen, zerrte eine ziemlich verbeulte Gondel hervor und röhrte: »Ich finde dich total nett, Kumpel! Deshalb kriegst du bei mir heute den absoluten **KNALLERPREIS:** Der Flug kostet dich genauso viel wie die Fahrt mit der Straßenbahn. Das ist ein einmaliges Angebot und nur für dich. Na los, steig schon ein!« Er ruckelte heftig an der Gondel, bis schließlich die Seitentür aufsprang.

»Ehm ...« Ferris blickte verlegen zu Boden. »Na ja ... Das ist mir jetzt ein bisschen unangenehm. Die Sache ist nämlich die ...«

»Du meinst dein Gewicht? Ach was, die Gondel ist TÜV-geprüft. Ich dürfte sogar zwei von deinem Kaliber mitnehmen. Null Problem für Johnnys Lufttaxi. Oder ist es, weil du so komisch stinkst? He, Kumpel, mach dir da bloß keinen Kopf. Ich hab schon ganz andere Stinker transportiert.«

Ferris verzog beleidigt das Gesicht. »Irrtum, mein Lieber. Ich stinke nicht komisch. Ich rieche nach edlem Lavendelschaumbad.«

»Okay, okay, dann stinkst du von mir aus eben nach edlem Lavendelschaumbad. Mir ist das so was von egal. Aber was ist jetzt? Steigst du endlich ein? Oder hast du vielleicht gar kein Geld?« Eine unangenehme Pause entstand. »Na klar, seh ich dir doch an. Du wolltest mit der Straßenbahn schwarzfahren.« Jonny schüttelte den Kopf. »Davon würde ich dir dringend abraten. Ist 'ne ziemlich heiße Kiste geworden.« Er beugte sich zu Ferris vor und flüsterte: »Auf der Linie hier gibt's 'ne Katze, die spielt sich als Kontrolleurin auf. Die ist richtig brutal. Ich hab gehört, gestern hat sie zwei Mäuse erwischt und abgeführt. Die beiden haben gequiekt und geheult, aber dieses weiße Biest kennt kein Mitleid.«

»Weißes Biest …? Hast du gerade *weißes* Biest gesagt?« Vor Aufregung verschluckte sich Ferris und musste heftig husten. Seine Augen tränten, als er rief: »Meinst du etwa die **QUEEN?**«

»Queen?« Jonny überlegte einen Augenblick. »Ja, ich glaube, so heißt sie. Also pass in Zukunft lieber auf, falls du mal wieder ohne Fahrschein …«

»Und wo sind die Mäuse jetzt?«

Der Rabe zuckte mit den Flügeln. »Keine Ahnung. Woher soll ich denn das wissen? Also … Ich muss dann mal Tschüss sagen! Da hinten wartet nämlich jemand auf mich.« Er grinste. »Meine Freundin. Da beeil ich mich lieber.«

Fast lautlos hob er mitsamt der Gondel ab. Ferris beobachtete geistesabwesend, wie sie in einiger Entfernung auf einer verlassenen Baustelle landete und kurz darauf eine große Ratte im silberfarbenen Hosenanzug einstieg … War das nicht Jenny-Lou? Na klar, das war Jenny-Lou! Auch sie schien ihn erkannt zu haben, denn sie winkte.

»Halt, stopp!«, brüllte Ferris und sprintete los. »Jenny-Lou, kann ich mitfliegen?«

Doch als er an der Baustelle ankam, schwebte die Gondel bereits hoch über den Kränen und war kurz darauf am Horizont verschwunden. Noch ein paar Minuten wartete Ferris. Er fand nämlich, dass jetzt ruhig mal ein Wunder passieren könnte. Doch nichts tat sich. Weder kehrte das Lufttaxi um, noch kam eine Straßenbahn. Und Otti Knirschkes Traktor stand auch nicht mehr vor der Zahnarztpraxis, als Ferris hechelnd dort eintraf. Der Kater stöhnte verdrossen auf. Wieder einmal würde ihm nichts anderes übrig bleiben als ein endlos langer Fußmarsch.

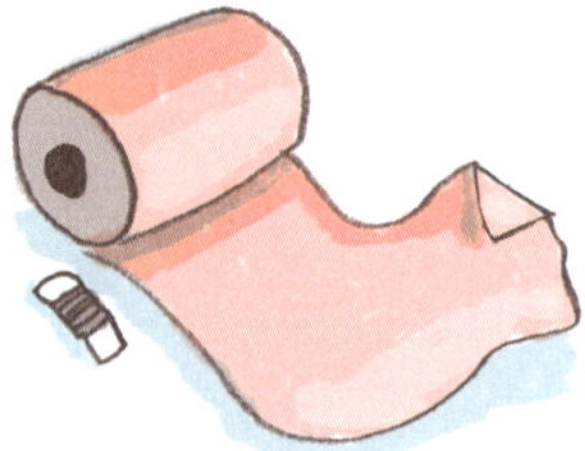

# Es geht los!

Es war bereits dunkel, als Ferris endlich in den Schwalbenweg einbog. Obwohl seine Pfoten schmerzten und der Magen knurrte, war er erstaunlich gut gelaunt. Denn auf dem langen Heimweg hatte er sich einen absolut perfekten Plan ausgedacht. Damit würde es gelingen, die Mäuse zu befreien. Er würde einen Überraschungsangriff starten, den die Queen nicht so schnell vergaß. Ferris musste grinsen, als er erneut einen braunen Umschlag aus dem Briefkasten fischte. Dieser blöden Katze schien es gewaltig Spaß zu machen, Erpresserbriefe zu schreiben. Seinen Namen hatte sie sich dieses Mal gespart.

Auf dem karierten Blatt, das Ferris aus dem Umschlag zog, stand lediglich:

**LÖSEGELD 200 DOSEN SOFORT!!!**

Wieder waren die Buchstaben aus einer Zeitung ausgeschnitten und aufgeklebt. **200 DOSEN!** Ferris tippte sich mit der Pfote an die Stirn. Bei der Queen piepte es, eindeutig! Nicht eine einzige Gräte würde sie kriegen!

In diesem Augenblick öffnete sich die Eingangstür einen Spalt breit, und Uwe streckte den Kopf heraus. Kaum hatte er den Umschlag entdeckt, riss er erschrocken den Mund auf. Ferris lächelte beruhigend. »Nein, nein, keine Katastrophe. Du kannst den Mund wieder zumachen. Das ist nur mal wieder ein Liebesbrief von der Queen. Sie hat Alice und Marlene in ihrer Gewalt. Aber nicht mehr lange. Sag Rüdiger Bescheid, dann erklär ich euch alles. Wir holen die Mäuse zurück! Gleich geht's los.«

Wenig später sauste ein Motorrad mit drei Gestalten und Höchstgeschwindigkeit durch den nächtlichen Schwalbenweg und bog in die Amselgasse ein. Während Ferris unterwegs gewesen war, hatte Rüdiger anscheinend einen technischen Geistesblitz gehabt, das Motorrad komplett auseinandergenommen und neu zusammengesetzt. Die Reparatur hatte also viel schneller geklappt als gedacht. Und komischerweise waren sogar etliche Teile übrig geblieben. Vielleicht war das der Grund, weshalb der Auspuff so entsetzlich röhrte.

»Der Auspuff ist kaputt!«, brüllte Uwe. Mit Helm und Sicherheitsweste thronte er auf Ferris' Schulter. »Was machen wir, wenn uns die Polizei erwischt?« Wobei ihn die Polizei noch nicht einmal sonderlich schreckte. Besser jedenfalls, als der Queen zu begegnen. Rüdiger hatte ihm den ganzen Nachmittag lang jede Menge Horrorgeschichten über sie erzählt. Da war es auch kein Wunder, dass die beiden alles andere vergessen hatten. Nicht einmal zu Jenny-Lou in den Keller hatten sie es geschafft.

»Ich kann dich nicht verstehen!«, brüllte Ferris zurück. »Der Auspuff ist kaputt!«

Hinter ihm hockte Rüdiger und klammerte sich mit seiner linken Pfote an ihm fest. Die rechte war dick verbunden. Denn natürlich hatte er mit dem Motorrad eine Probefahrt gemacht. Dabei war er mit dem Lenker am Gartentor hängengeblieben und hatte sich bös' verletzt. Zum Glück hatte Uwe auch seinen Erste-Hilfe-Kurs mit einer glatten Eins bestanden und den Waschbären sofort verarztet.

»Was hast du gesagt?«, brüllte Rüdiger und rutschte unruhig hin und her.

Ferris antwortete nicht. Er war vollauf damit beschäftigt, das Gleichgewicht zu halten. Dazu dröhnte der Auspuff, als würde das Motorrad jeden Augenblick auseinanderfallen. Wenigstens übertönte er die Stimme des Navis, das irgendwas säuselte.

»**LINKS, LINKS, LINKS!**«, kreischte Uwe ihm unvermittelt ins Ohr. Es klang so laut, als würde er direkt in Ferris' Gehörgang sitzen. »Da steht Alice! Und Marlene! Ich hab sie gesehen!«

Schon hatte Ferris die Ohren eingeklappt, sich in die Kurve gelegt und sauste mit quietschenden Reifen in die Meisenstraße. »Wo?«, brüllte er.

»Links! Nicht rechts! Wir müssen nach links!« Aufgeregt hüpfte Uwe hin und her.

Ferris riss den Lenker herum, brauste mit halsbrecherischem Tempo zurück und bog in den Kiebitzweg ein. »Wo?«, schrie er abermals, und Uwe machte ein ungefähre Kopfbewegung zum Bürgersteig hin. Doch niemand war zu sehen.

»Da waren sie!«, rief Uwe. »Ehrlich! Ich schwör's! Ich kenn doch Alice und Marlene. Garantiert haben die zwei sich selbst befreit. Wir müssen sofort anhalten.«

Vor einem kleinen Getränkemarkt stellte Ferris

das Motorrad ab. Zu Fuß durchsuchten sie den gesamten Kiebitzweg. Dann den Spatzenweg. Und auch noch die steil ansteigende Elsterngasse. Aber es war vergeblich. Da konnte man noch so oft nach Alice und Marlene rufen, sich unter geparkte Autos beugen und die Gärten durchstöbern – keine Maus weit und breit. Sogar in den Mülltonnen schauten sie nach. Niedergeschlagen machten sie sich schließlich auf den Weg zurück zum Motorrad.

»Wenn du sofort links abgebogen wärst, hätten wir sie längst«, meinte Rüdiger vorwurfsvoll. Mit den Zähnen riss er eine angebrochene Tüte Rosinen ganz auf, die er aus alter Gewohnheit im Vorbeigehen aus einer Mülltonne gefischt hatte. Gierig machte er sich darüber her.

Ferris schüttelte den Kopf. »Das verstehst du nicht. Ich bin nach rechts abgebogen, um den beiden den Weg abzuschneiden. Das war eine ausgeklügelte Taktik von mir. Außerdem glaube ich nicht, dass es wirklich Alice und Marlene waren. Uwe, bist du dir ganz sicher?«

Uwe hüstelte. »Na ja ... je länger ich darüber nachdenke ... Das könnten auch fremde Mäuse gewesen sein ...«

Ferris blieb stehen. »Das heißt für uns …« Er lehnte sich gegen eine Hauswand, stützte das Kinn auf die Pfote und schien zu überlegen.

»Das heißt für uns?«, fragte Rüdiger. Ungeduldig tappte er auf dem Gehweg hin und her.

Der Kater holte tief Luft. »Dass uns nichts anderes übrig bleibt, als nach Plan vorzugehen. Wir statten der Queen einen nächtlichen Besuch ab. Und zwar zu Fuß. Höchst ungern«, fügte er hinzu, als er Rüdigers erstaunten Blick sah. »Aber der Höllenlärm, den dieser Auspuff macht, würde uns sofort verraten.«

Obwohl die Queen nur einige Straßen entfernt wohnte, fühlte sich Ferris jedes Mal wie in einer anderen Welt. Im Schwalbenweg hatten die Dächer lose Ziegeln, die Fensterläden hingen schräg in den Angeln, und in den Gärten wuchsen die Blumen wild durcheinander. Im Geierweg dagegen schien alles perfekt zu sein. Dort reihte sich ein prachtvolles Haus an das andere. Fast alle hatten einen Swimmingpool im Garten und eine Garage, in die Otti Knirschkes Häuschen mindestens zwei Mal gepasst hätte. Außerdem gab es jede Menge Alarmanlagen.

Die bereiteten Ferris momentan das größte Kopfzerbrechen.

Vor einem lang gestreckten weißen Bungalow mit der vergoldeten Hausnummer 13 an der Wand blieb er stehen. Die Drei war zwar ein wenig nach unten gerutscht, aber trotzdem wirkte alles ausgesprochen luxuriös. Ferris überlegte flüchtig, ob Rüdiger demnächst nicht auch so eine Hausnummer an der Villa anbringen sollte.

»Und jetzt?«, fragte Uwe und hüpfte nervös vor dem schmiedeeisernen Gartentor auf und ab. Seine Stimme zitterte mindestens so heftig wie sein buschiger Schwanz.

Ferris runzelte die Stirn. »Wir wissen alle, wie gemein die Queen ist. Doch es ist unsere Aufgabe, Alice und Marlene aus ihren brutalen Fängen zu retten. Das sind wir den beiden schuldig.«

Rüdiger nickte heftig. Uwe ebenfalls. Und er nickte auch noch, als Ferris mit der Vorderpfote auf ihn deutete. »Also dann los, mein Freund. Viel Glück! Beeil dich und pass auf, dass du nicht aus Versehen die Alarmanlage auslöst.«

»**ICH?**« Vor Schreck vergaß Uwe zu stottern. »Warum denn ich?«

»Das ist doch wohl klar!« Ferris rückte ihm fürsorglich den verrutschten Schutzhelm zurecht. »Für eine solche Aktion setzt man nur die allerbesten Leute ein. Du bist klein und flink, dich bemerkt man gar nicht. Schwuppdiwupp, schon hast du dir die Mäuse geschnappt und bringst sie in Sicherheit. Rüdiger fällt momentan ja leider aus. Mit einer verbundenen Pfote könnte das nämlich schiefgehen. Sonst wäre er bestimmt dabei.«

»Aber hallo! Na selbstverständlich doch«, brummte der Waschbär grimmig. Mit seiner gesunden Pfote boxte er wütend in die Luft. »Ich hätte der Queen mal gezeigt, mit wem sie es zu tun hat. Uwe, jetzt musst du das übernehmen. Jede Wette, du jagst ihr einen höllischen Schrecken ein.«

»Ja, das wirst du bestimmt.« Ferris linste unauffällig hinüber zur Eingangstür. Hatte sich da nicht gerade etwas hinter der Milchglasscheibe bewegt? »Los, Uwe, zeig der Queen, dass du ein echter Kerl bist. Wir warten vor dem Getränkemarkt auf euch. Und nicht vergessen: Pass mit der Alarmanlage auf.«

Uwe starrte ihn mit schreckgeweiteten Augen an.

»Weißt du, was die Queen mit mir macht? Das gibt eine echte Ka-Ka-Ka-Katastrophe!«

Ferris räusperte sich. »Ich muss dich doch wohl nicht daran erinnern, dass du einen Arbeitsvertrag hast. Also geh endlich rein und regle die Sache.«

»In meinem Vertrag steht aber nichts von Außeneinsätzen ... Und außerdem müsste man sowieso erst mal die Lage checken ...«

»Schluss mit Checken!« Ferris schnaubte ungeduldig. »Jetzt wird gehandelt!«

Uwe schüttelte entschlossen den Kopf. »Nein danke! Ich bin doch nicht lebensmüde! Entweder läuft das so, wie ich es sage, oder ich kündige! Fristlos! Einen neuen Job finde ich sofort. Eichhörnchen werden zurzeit nämlich überall gesucht.«

»Auf Seite zwei in deinem Vertrag steht, dass du schriftlich kündigen musst!«, fauchte Ferris aufgebracht. »Und zwar vierzehn Tage vorher, mit dreifacher Kopie und Einschreiben an mich ... He, warte!«

Doch da war Uwe bereits auf eine der hohen Tannen geklettert, die das Grundstück umgaben. »Ach was, Kündigung geht auch so!«, rief er und verschwand schnell im Geäst. Ferris starrte ihm ungläubig hinterher.

»Tut mir echt leid«, seufzte der Waschbär. »Uwe war wirklich ein feiner Kollege. Wie gesagt, ich würde die Sache mit der Queen ja zu gern regeln. Aber meine Pfote … Au weia, sie tut schon wieder weh.«

Keine Ahnung, wozu man überhaupt Personal hat, dachte Ferris ärgerlich. Wie es aussah, musste er wieder einmal alles selbst erledigen. Krampfhaft versuchte er sich zu erinnern, wo genau das Zimmer der Queen war. Denn auf keinen Fall wollte er den anderen Bewohnern des Bungalows begegnen, einem

jungen Pärchen aus Amerika. Bestimmt würden sie ihn für einen Einbrecher halten. Und wer weiß, vielleicht besaßen die beiden sogar eine Waffe?

Ferris schluckte.

Trotzdem – er konnte Alice und Marlene doch nicht im Stich lassen! Er holte tief Luft. »Dann werde ich mich jetzt höchstpersönlich um die Angelegenheit kümmern.«

»Du bist schon ein verdammt mutiger Kater«, sagte Rüdiger voller Anerkennung. »Dass du dich da rein traust! Aber hallo!«

Geschmeichelt strich Ferris sich mit der Pfote über die Schnurrhaare. »Ach, das ist eine Kleinigkeit für mich«, murmelte er und sprang elegant über das Gartentor. Mitten auf dem Rasen drehte er sich nochmals zu Rüdiger um. »Am besten bringst du dich in Sicherheit. Hier liegt nämlich Ärger in der Luft. **GEWALTIGER ÄRGER** sogar. Und der kann jeden Moment losgehen.«

# Chefsache

Schon einmal war Ferris bei der Queen zu Besuch gewesen. Das amerikanische Pärchen war damals für ein Wochenende nach Venedig geflogen. Sturmfreie Bude also. Und so hatte die Queen alle Katzen der Gegend zu einer Hausbesichtigung mit anschließender Mitternachtsparty eingeladen.

Hackfleischhäppchen in leckerer Sahnesoße wurden aufgetischt. Das war zunächst ganz nach Ferris' Geschmack gewesen. Doch dann hatte sich diese eingebildete Katze mitten auf den Tisch gesetzt und mit wichtiger Miene von oben herab erklärt, dass ab sofort *sie* Chefin des Viertels sei. Das war nun eindeutig nicht nach Ferris' Geschmack. *Er* war hier der Chef und sorgte dafür, dass alles rund lief. Bislang waren die anderen Katzen damit auch immer sehr zufrieden gewesen. Doch danach sah es nun plötzlich nicht mehr aus. In kleinen Grüppchen hockten sie zusammen, schoben sich ein Hackfleischbällchen nach dem anderen in den Mund und lobten abwechselnd das vorzügliche Essen, das außergewöhnlich schöne Haus und vor allem die Großzügigkeit der Queen. Jedes Mal, wenn Ferris sich näherte, verstummten die Gespräche. Eisiges Schweigen empfing ihn. Irgendwann bekam er mit, wie die schwarze Katze, die ihn Tage zuvor noch freundlich gegrüßt hatte, hinter vorgehaltener Pfote ihrer Nachbarin zuflüsterte: »Was glaubt dieser eingebildete Kerl eigentlich, wer er ist? Na, zum Glück haben wir jetzt unsere Queen.«

Mit hoch erhobenem Kopf war Ferris durch das Wohnzimmer stolziert, als hätte er nichts gehört. Was hatte er nicht alles für die Katzen seines Viertels getan! Wie oft hatte er Streit geschlichtet …

»Nun? Wie gefällt dir meine Party?« Unvermittelt hatte sich die Queen ihm in den Weg gestellt.

»Großartig«, knurrte Ferris erbost. »Aber dass eines klar ist: Der Chef bin immer noch ich!«

Bis zum Ende der Party hatten die Queen und er

lautstark gestritten. Noch gut erinnerte er sich an die Drohung, die sie ihm schließlich nachgerufen hatte: *Ich bin die Chefin! Lass dich nie wieder hier blicken. Ich mache kleinstes Kleinholz aus dir!* Bei dem Gedanken an jenen Abend sträubte sich jetzt noch sein Fell.

»Kleinstes Kleinholz. Lächerlich«, flüsterte Ferris, als er im Schutz der Tannen in Richtung Bungalow schlich. Aber er konnte nicht verhindern, dass sein

Herz schneller schlug. Jetzt durfte er nichts falsch machen. Der kleinste Fehler konnte schreckliche Folgen haben. Konzentriert musterte er die lange Fensterfront und atmete schließlich erleichtert auf. Bingo! Eines der Fenster war gekippt. Mit etwas Glück und eingezogenem Bauch würde er es ins Haus schaffen. Und schon stand er auf dem schmalen Fenstersims und presste die Nase an die Scheibe. **VOLLTREFFER!** Er blickte direkt in das Reich der Queen. Und das Allerschönste: Sie war nicht da.

Ferris ließ den Blick durch das Zimmer schweifen. Diese blöde Katze besaß einfach alles, wovon eine Prinzessin nur träumen konnte. Ein kleines rosa Plüschsofa, verziert mit einem goldenen Krönchen. Daneben ein Himmelbett und davor ein Kratzbaum mit mehreren Stockwerken bis hinauf zur Zimmerdecke. Aber das Interessanteste für Ferris war die Essecke mit bunten Schälchen voll appetitlicher Leckereien, deren Duft (Käse, Thunfisch und Makrele) sogar noch draußen vor dem Fenster zu riechen war. Diese Köstlichkeiten schienen nur darauf zu warten, von ihm vertilgt zu werden.

»Oh, oh, oh«, schnurrte er verzückt und fuhr sich mit der Zunge genießerisch über die Lippen. Was für eine erfreuliche Überraschung! Mit vollem Magen würde es noch mehr Spaß machen, Alice und Marlene aus den Fängen der Queen zu befreien. Denn es lag noch ein hartes Stück Arbeit vor ihm. Er musste schließlich sämtliche Zimmer des Bungalows gründlich durchsuchen. Wer wusste schon, welches schlaue Versteck die Queen sich für die beiden Mäuse ausgedacht hatte?

Voraussetzung war allerdings, überhaupt erst einmal ins Haus hineinzukommen. Und das war schwieriger als erwartet. Ein ums andere Mal sprang er hoch und krallte sich in den oberen Fensterrahmen. Dabei versuchte er, sich mit dem Hinterteil voraus durch den schmalen Spalt zu zwängen. Vergeblich. Jemand wie Uwe hätte ohne Probleme durchgepasst. Nicht aber Ferris. Trotz seiner eintägigen Hungerkur war er immer noch ein großer, dicker Kater.

»Uwe …?«, flüsterte er in die Dunkelheit. »Können wir das mit der Kündigung nicht einfach vergessen? Ich hab die Lage für dich gecheckt. Die Queen ist ausgeflogen. Also keine Gefahr!«

Die einzige Antwort war der heisere Schrei einer Schleiereule. In Ferris' Ohren klang es wie Spott. Mit einem Mal fühlte er sich schrecklich müde. Sein genialer Plan war gescheitert, Uwe war abgehauen, und er hatte seit einer gefühlten Ewigkeit kein Fitzelchen Fisch mehr zwischen den Zähnen gehabt. Höchste Zeit, den Rückzug anzutreten und sich wenigstens ein bisschen in der Waschmaschine zu erholen.

Er hatte sich gerade hinunter auf den Rasen fallen lassen, als ihm ein fahler Lichtschein hinter dem letzten Fenster im Erdgeschoss auffiel. Schlagartig war er wieder hellwach. Blitzschnell sauste er dorthin, sprang hoch und verlor vor Schreck auf dem schmalen Sims fast das Gleichgewicht. Denn mit dem Rücken zu ihm thronte dort die Queen in einem ausladenden Chefsessel aus schwarzem Leder und drosch mit ihren fetten Pfoten auf einer Computertastatur herum.

Ferris spürte ein heftiges Grummeln in der Magengegend. Nein, dieses Grummeln kam ausnahmsweise mal nicht vom Hunger. Es waren dickste Neidgefühle. Warum besaß die blöde Queen einen Computer?! Während ein Genie wie er sich mit der alten Schreibmaschine des Konservendosenfabrikanten begnügen musste, bei der das *D* fehlte. Und aus dem *G* wurde immer ein *T*. War es da ein Wunder, dass es mit seinem Buch nicht vorwärts ging? Und was machte die Queen mitten in der Nacht am Computer? Wie elektrisiert starrte Ferris durch die Scheibe und las lautlos mit, was die Queen auf *Schnauzbook* chattete.

*Queen:* Hi! Gibt mir jemand mal Tipps? Ich hab jetzt auch zwei Haushaltshilfen. Funktioniert aber nicht so richtig. Was macht ihr, damit das hinhaut?

*Sneaky:* Kapier ich nicht. Meine sind unheimlich okay. Ich muss überhaupt nix mehr tun. Hast du überhaupt die richtige Sorte?

*Queen:* Na klar, die grauen. Käsetante meint, das sind die besten. Aber meine sind bloß total faul. Und total verpeilt. Hast du übrigens was von Käsetante gehört?

*Sneaky:* Nix. Bis zu deiner Geburtstagsparty taucht sie bestimmt wieder auf. Man munkelt, es gibt Hering in Tomatensoße. Schmatz!!!!!!!!!!!!!!!!! Wo kriegst du den her?

*Queen:* Mein süßes kleines Geheimnis :) Verrat mir lieber mal, was ich mit den Mäusen machen soll.

*Sneaky:* Kreisch!!! Na was wohl :) Denk dran, du bist eine echte Katze!

*Queen:* Hahahaha :) :) Gerade hab ich sie übrigens in das ...

Die Queen drehte sich zur Seite und nieste ein paarmal. Dann beugte sie sich wieder über die Tastatur und suchte nach einem Buchstaben.

*Schreib endlich, wo sie sind,* flehte Ferris stumm. *Bitte, bitte, bitte!* Zitternd vor Aufregung spähte er durch die Scheibe.

»**KA-KA-KA-KATASTROPHE!**«, kreischte es in diesem Augenblick, und Ferris spürte einen Schlag im Nacken. Erschrocken drehte er den Kopf. Uwe war auf seinem Rücken gelandet! Und dann war die Hölle los. Ohrenbetäubend laut jaulte plötzlich eine Alarmanlage. Überall flammten Scheinwerfer auf. Taghell lag der Bungalow jetzt da.

»**KA-KA...!**«

»Halt die Klappe!«, brüllte Ferris. »Warum bist du nicht auf deiner verdammten Tanne geblieben?«

Jedes weitere Wort konnte er sich schenken. In den Häusern ringsherum wurden bereits Fenster aufgerissen. Aufgeregte Stimmen waren zu hören, und jetzt schien auch die Queen etwas bemerkt zu haben. Blitzartig drehte sie sich zum Fenster. Feindselig starrten Ferris und sie einander durch die Scheibe an. Sekundenlang ...

»**VERSCHWINDE!**«, fauchte die Queen und fuhr

drohend ihre blutrot lackierten Krallen aus. Gleichzeitig heulte von der Straße her die Sirene eines Polizeiautos.

»Ja, lass uns verschwinden«, jammerte Uwe und klammerte sich noch fester an Ferris.

Auch Ferris fand, dass Verschwinden jetzt wirklich das Beste war. Ein Satz vom Fenstersims, und schon preschte er mit gewaltigen Sätzen quer über den Rasen. Dabei musste er immer wieder einem kläffenden Terrier ausweichen. Der war vom Nachbargrundstück ausgebüxt und hielt das Ganze wohl für ein witziges Mitternachtsspiel. Im Zickzack fegte Ferris über ein Grundstück nach dem anderen, bis er zu einem kleinen Park kam. Endlich hatte er den aufdringlichen Köter abgehängt. Keuchend schleppte er sich weiter, aus dem Park heraus, und wollte sich gerade einen Moment ausruhen, als das Polizeiauto in die Straße einbog. Dahinter folgte ein Motorrad mit röhrendem Auspuff, das soeben zum Überholen ansetzte. Der höllische Krach kam Ferris sehr bekannt vor. Und auch der Fahrer mit dem flatternden blau-weiß gestreiften Schal.

»**KA-KA-KA-KATASTROPHE**«, flüsterte Uwe. Noch immer hockte er in Ferris' Nacken. »Es tut mir leid.

Ich wusste wirklich nicht, dass es Tannen mit Alarmanlage gibt. Kommen wir jetzt ins Gefängnis?«

»Nicht, wenn du dich gut festhältst!«, rief Ferris und sprang blitzschnell hinten auf das heranbrausende Motorrad.

# Noch mehr Post

»Und? Wie war ich? Ich hab doch eindeutig Talent zum Motorradfahren!«, rief der Waschbär stolz, als sie schließlich die Villa erreichten. Sie waren abgestiegen, und er lehnte das Motorrad vorsichtig gegen die Bank. »Und das mit nur einer Hand!«

Ferris nickte knapp. »Na ja, für den Anfang gar nicht mal so übel«, meinte er großzügig. »Ich hätte das Polizeiauto wahrscheinlich auch nicht besser abgehängt. Aber jetzt will ich nur noch schlafen.«

Es war weit nach Mitternacht, als Ferris endlich in seine Waschmaschine kroch. Er verschwand zwischen zwei hellblauen Handtüchern und schlief auf der Stelle ein. Allerdings wachte er ständig wieder auf. Das lag daran, dass die Waschmaschinentrommel knarzte, sobald man sich auch nur einen Millimeter bewegte. Und Ferris bewegte sich heftig, denn er träumte gerade davon, dass Alice ihm eine Konservendose im XXL-Format mit appetitlich duftendem Hering in Tomatensoße direkt vor die Nase hielt. Kaum hatte er allerdings die Pfote danach ausgestreckt, knarzte die Waschmaschinentrommel – und Ferris war wach. Doch kurz darauf sank er erneut in den Schlaf. Dieses Mal schaffte er es immerhin, sich im Traum den Hering fast in den Mund zu schieben. Doch dann, gerade als er zubeißen wollte …

»**KA-KA-KA-KATASTROPHE!**«

Ferris kniff die Augen zu. Auf gar keinen Fall durfte er jetzt aufwachen, egal, was in diesem Traum noch alles passierte. Denn köstlicher Heringsduft war ihm in die Nase gestiegen. Gleich würde er …

»**KA-KA-KA-KATASTROPHE!**«

Ferris blinzelte. Nein, das war eindeutig kein Traum. Das war Uwe. Aufgeregt hüpfte er durch das Zimmer, vom Schrank auf eine wacklige Kommode, von dort auf die Fensterbank und wieder zurück auf den Schrank. Dann erneut auf die Kommode. Dabei stieß er ein Foto im silberfarbenen Rahmen um, das den Kater mit einem riesigen Hecht an der Angel zeigte.

Ferris stöhnte genervt. Auf der Stelle wollte er zurück in seinen wunderschönen Hering-mit-Tomatensoße-Traum. »Hör endlich auf mit deiner beknackten Hopserei. Außerdem hast du gekündigt, wenn ich mich richtig erinnere.«

»Aber nicht schriftlich!«, protestierte Uwe. Er pustete eine feine Staubschicht vom Foto und stellte es sorgfältig wieder auf.

»Ach was. Mündlich gilt auch«, murmelte Ferris und war schon beinahe wieder eingeschlafen, als Uwe in die Waschmaschinentrommel kletterte und unsanft auf seinen Bauch hopste.

**»KA-KA-KA-KATASTROPHE!«**

»Runter! Ich kriege Magendrücken von dir.«

**»KA-KA-KA-KATASTROPHE!«**

»Ich kündige dir«, murmelte Ferris schlaftrunken. »Morgen mach ich es schriftlich. Du kriegst einen Brief von mir. Und jetzt lass mich endlich weiterschlafen.«

»Ein Brief! Genau das ist es ja! Von der Queen ist schon wieder ein Brief da.«

Mit einem Schlag war Ferris hellwach. »Waaas? Schon wieder? Warum hast du das nicht gleich gesagt? Wo ist er?«

Uwe hüpfte von Ferris' Bauch, nahm seinen Helm ab, zog die Sicherheitsweste aus und presste demonstrativ die Lippen zusammen. *Ich sage kein Wort,* verkündete sein entschlossener Blick.

»Na gut«, knurrte Ferris. Er wusste genau, wann er verloren hatte. »Ich nehme die Kündigung zurück. Und jetzt her mit dem Brief.«

Uwe schob seine Hinterbeine unter das Handtuch. »Oh Mann, ich hab die ganze Nacht Wache gehalten, falls jemand einbricht. Und jetzt ist mir saukalt«, jammerte er und kuschelte sich an Ferris. »Stört dich doch nicht. Oder?«

»Nicht im Geringsten«, behauptete Ferris und versuchte vergeblich, Uwes eiskalten Beinchen auszuweichen. »Was ist jetzt mit dem Brief?«

Uwe gähnte herzhaft. »Na, der steckt im Briefkasten«, nuschelte er. »Brauner Umschlag, zerknittert, das Gleiche wie beim letzten Mal.« Sekunden später war er auch schon eingeschlafen.

Im Gegensatz zu Ferris. Zwar war auch er noch hundemüde, denn es war früh am Morgen. Doch er wusste genau: Er würde kein Auge zutun, bevor er nicht den Brief der Queen gelesen hatte. Gähnend kroch er aus der Waschmaschine. Dann lauschte er gespannt. Täuschte er sich? Oder tobte draußen tatsächlich ein Unwetter? Ein kurzer Blick reichte aus, und ihm war klar: Er würde an diesem Tag keinen Fuß vor die Tür setzen. Der Regen peitschte gegen die Scheiben. Im Garten bogen sich die Bäume im Wind, der nur so um das Haus pfiff. Also nichts für Ferris, der Sonnenschein und milde Temperaturen liebte und dazu ausgesprochen wasserscheu war. Doch wozu hatte man schließlich Personal? Rüdiger, zum Beispiel. Mit dem bisschen Hausmeisterjob war er ohnehin nicht ausgelastet, fand Ferris. Also konnte er ruhig auch mal andere Aufgaben übernehmen – wie die Post zu holen.

Ferris schlurfte über den Gang und kletterte dann eine wackelige Stiege hinauf in die Dachkammer. Die hatte Rüdiger sich ausgesucht. Zwar waren einige der Holzbalken morsch und deshalb nicht ungefährlich. Doch der Waschbär behauptete, er könne sich keinen schöneren Platz auf der Welt vorstellen. Denn dort oben würde man das Holz leise murmeln hören.

»Hallo? Rüdiger?«, rief Ferris und spähte ins Halbdunkel.

Keine Antwort. Entweder hatte der Waschbär einen sehr tiefen Schlaf – oder er war gar nicht da. Suchend blickte Ferris sich in dem Durcheinander aus staubigen Truhen und alten Koffern um. Das einzig Interessante in all dem Kram waren zwei angebrochene Tüten Snacks mit Krabbengeschmack – auch wenn das Zeug längst nicht so gut schmeckte, wie Ferris gehofft hatte. Immer noch kauend, kletterte er die Holzstiege wieder hinunter.

»Rüdiger?«, rief er. Weil er den Mund voll hatte, klang es eher wie »Rrrgr«. Niemand antwortete. Allerdings hing plötzlich ein seltsamer Geruch in der Luft. Ferris schnupperte. Es roch nicht essbar, aber er war neugierig geworden und folgte der Spur. Sie endete im Badezimmer, in einem gewaltigen hellblauen Schaumberg. Als er näher trat, entdeckte er den Waschbären. Rüdiger lag mit geschlossenen Augen und einem glücklichen Lächeln in der Wanne. Eine riesige Schaumflocke thronte auf seinem Kopf, und er summte leise vor sich hin.

Ferris verzog das Gesicht. »Guten Morgen! Ist das Veilchen?«

Rüdiger fuhr erschrocken zusammen. »Ach, du bist es. Guten Morgen! Nein, das ist Maiglöckchen. Da war noch ein kleiner Rest. Die Flasche mit dem Veilchenbad hab ich für dich aufgespart. Weil du jetzt doch so gern badest.«

»Ach so ... ja ... danke vielmals. Sehr aufmerksam von dir. Sag mal, kannst du mir einen Gefallen tun? Einen klitzekleinen? Holst du die Post aus dem Briefkasten?«

»Aber hallo! Es ist gerade mal halb sieben. Schon mal was von Arbeitszeitregelungen gehört? Mein Job beginnt eigentlich erst um acht. Außerdem regnet es in Strömen.«

Ferris grinste. »Du bist vielleicht witzig! Du bist doch schon patschnass.« Dann wurde er wieder ernst. »Im Briefkasten ist schon wieder Post von der Queen. Ich habe so ein Gefühl, es könnte wichtig sein. Wie wär's, wenn wir es so machen: Du holst sofort den Brief. Dafür verzichte ich auf das Veilchenschaumbad. Die ganze Flasche gehört dann dir allein. Überleg mal, wie viele schöne Schaumbäder das für dich gibt. «

# Ein perfekter Plan

Ungeduldig lief Ferris wenig später in der Küche auf und ab. Er wartete darauf, dass Rüdiger wieder auftauchte. Und dann war der Waschbär endlich zurück. Tropfnass kletterte er durchs Fenster herein. Denn die Eingangstür der Villa klemmte bei diesem Wetter so sehr, dass sie sich überhaupt nicht mehr öffnen ließ.

»Und der Brief?«, fragte Ferris erstaunt. »Wo hast du den Brief?«

»Abrakadabra!« Rüdiger zog den zerknitterten braunen Umschlag unter seiner Achsel hervor. »Ich wollte keinesfalls, dass er nass wird«, sagte er.

Misstrauisch musterte Ferris den Umschlag. Dieses Mal hatte die Queen sich nicht die Mühe gemacht, die Buchstaben aus einer Zeitung auszuschneiden. Wozu auch, schließlich wusste sie, dass ihre Tarnung aufgeflogen war. Lediglich ein großes, handgeschriebenes **F** mit einem dicken Punkt dahinter war auf dem Umschlag zu sehen. Und der Brief war eindeutig am Computer geschrieben. Ferris überflog ihn. Seine Miene verfinsterte sich zunehmend.

»Schlechte Nachrichten?«, wollte Rüdiger wissen. Auf seinem Weg vom Fenster zur Eckbank hinüber hatte er kleine runde Tapser auf dem Küchenboden hinterlassen. »Steht wieder was Schlimmes drin?«

»Ob wieder was Schlimmes drinsteht?«, japste Ferris. »Das kann man wohl sagen. Die Queen wird immer unverschämter! Willst du hören, was sie schreibt?« Seine Stimme bebte vor Zorn, als er laut vorlas:

## LETZTE LÖSEGELDFORDERUNG!

*Tausche Mäuse (2) gegen Häring in Tomatensoße (**46 KARTONS** aus deinem Keller).*

*Denk dran: Ist ein ziemlich gutes Geschäft für dich.*

*Falls du mich austricksen willst, vergiss es. Das schaffst du nie.*

*Außerdem wird es dann richtig teuer. Speziell für deine Mäuse!*

*Stell die Kartons heute Abend bis ZEHN Uhr vor die Villa. Meine Freunde holen sie.*

*Versuch bloß nicht, mich zu bescheißen. Sonst gibt's viel mehr Ärger, als dein Minikaterhirn sich vorstellen kann.*

*Die Queen*

»Hm«, machte Rüdiger unsicher. Er schielte unter die Eckbank, wo sich eine Pfütze gebildet hatte. Dann wanderte sein Blick zu Ferris. »Na ja, 46 Kartons, das geht ja noch, oder? Ich meine, wenn damit Alice und Marlene gerettet werden? Bei dem, was man so über die Queen hört, hätte sie noch ganz andere Sachen verlangen können. Aber hallo!«

Ferris lachte bitter auf. »Merk dir eines: Erpresserinnen darf man niemals nachgeben. Übrigens habe ich vor drei Tagen zufällig die Kartons im Keller gezählt. Es sind exakt 46 Stück. Das kann die Queen also nur von Alice und Marlene erfahren haben. Ich mag mir gar nicht vorstellen, *wie* sie den beiden das entlockt hat.« Er verstummte. Nein, er wollte es sich wirklich nicht vorstellen. »Aber damit kommt sie nicht durch«, polterte er plötzlich los. »**ICH, FERRIS,** werde das verhindern! Minikaterhirn! Dass ich nicht lache! Im Gegensatz zur Queen besitze ich wenigstens ein Gehirn. Und das sagt mir, dass sie Alice und Marlene nicht freilässt, wenn sie die Konserven hat. Sie braucht die beiden nämlich als Dosenöffner. Ich würde sagen, uns muss etwas anderes einfallen.«

»Hm«, machte Rüdiger erneut und bohrte gedankenverloren in der Nase. Seine Stimme klang zweifelnd, als er hinzufügte: »Aber was?«

Eine Weile lang herrschte Schweigen in der kleinen Küche. Nichts war zu hören außer dem gleichmäßigen Ticken der Kuckucksuhr und dem tropfenden Wasserhahn. Rüdiger hatte die Augen geschlossen, und auch Ferris wirkte, als würde er vor sich hin

dösen. In Wirklichkeit arbeitete sein Gehirn jedoch auf Hochtouren und checkte einen Plan nach dem anderen durch.

**PLAN 1:** Bei der Queen einbrechen und Alice und Marlene befreien. (Immer noch ungelöstes Problem: Wie überhaupt ins Haus kommen? Und vor allem: Wo hielt sie die beiden versteckt?)

**PLAN 2:** Ihren Freundinnen erzählen, dass die Queen in Wirklichkeit eine gemeine Entführerin und miese Erpresserin war. (Problem: Die Queen hatte ungefähr 23 Freundinnen, und alle fanden sie ganz toll. Bestimmt würden sie ihm kein einziges Wort glauben. Außerdem, was störte die Queen ihr schlechter Ruf? Vermutlich gar nicht.)

So blieb nur noch **PLAN 3** übrig: Sie würden einfach den Spieß umdrehen! Sie würden die Queen entführen, die Freilassung der Mäuse von ihr fordern und vielleicht auch noch mehr. Warum nicht den Computer? Oder sogar noch das rosa Sofa? Das wäre nämlich ein schönes Weihnachtsgeschenk für Alice und Marlene und passte auch gut vor ihr Vogelhaus.

Dieser Plan gefiel Ferris immer besser, je länger er darüber nachdachte. Außerdem hatte die Queen wirklich mal einen ordentlichen Denkzettel verdient. Und er hatte auch bereits eine Idee, wie man ihr den verpassen könnte. Schon mehrmals hatte Ferris aus der Ferne beobachtet, wie sie jeden Abend die gleiche Tour durch die Straßen machte. Zuerst lief sie durch die Gärten des Geierwegs. Dann ging es hinüber in den Park, wo sie am See eine Weile reglos im Gras hockte und vor sich hin starrte. Pünktlich um halb elf tigerte sie wieder nach Hause. Da würde es doch ein Kinderspiel sein, sie irgendwo auf ihrem Weg zu kidnappen. Wenn man es richtig anstellte, würde sie die Mäuse bestimmt herausrücken.

»He!« Er stieß Rüdiger an. »Nimm endlich den Finger aus der Nase und hör mir genau zu. Die Queen kriegt keinen einzigen Hering in Tomatensoße. Ich habe nämlich den perfekten Plan. Zu dritt kriegen wir das hin. Sobald es heute Abend dunkel ist, montierst du den Anhänger vom Traktor ab. Den hängst du dann ans Motorrad dran. Um die Queen zu transportieren«, fügte er hinzu, weil Rüdiger ihn verständnislos anstarrte. »Wir kidnappen sie. Sie hockt nämlich immer abends im Park rum. Ehm …

Und schmeiß die Kohlköpfe vom Anhänger. Sonst hast du hinterher jede Menge blauer Flecken.«

»Was? Wir entführen die Queen?« Rüdiger nahm den Finger aus der Nase. »Ich weiß nicht ... Und der Anhänger gehört doch Otti Knirschke. Bestimmt tobt er, wenn der verschwunden ist.«

»Ach was, Otti Knirschke ist sozusagen mein bester Freund.« Ferris grinste breit. »Na ja, fast. Er hat bestimmt nichts dagegen, wenn wir uns den Anhänger kurz ausleihen. Das merkt er überhaupt nicht. Mit seinem Traktor wäre das natürlich etwas anderes. Den liebt er nämlich. Aber den fassen wir ja nicht mal an.«

Rüdiger kratzte sich ausgiebig am Hinterkopf. »Aber da ist noch was ... Was passiert, wenn die Queen feststellt, dass du keinen einzigen Karton vor die Villa gestellt hast? Ich glaub nicht, dass sie dann heute Abend gemütlich im Park rumsitzt. Garantiert flippt sie gewaltig aus.«

Ferris musste zugeben: Rüdiger hatte recht. Aber er wusste auch, dass es für jedes Problem eine Lösung gab. Man musste nur drauf kommen. Was mit leerem Magen jedoch nicht ganz einfach war. Sein Blick fiel auf den Werkzeugkasten, der immer noch neben dem Besenschrank stand. Obenauf lag eine dicke Rolle Klebeband. Und plötzlich hatte er die Lösung gefunden.

In diesem Moment riss Uwe die Tür auf. Mit schreckgeweiteten Augen stand er da und keuchte: »**KA-KA...**«

»Nein! Ausnahmsweise mal nicht!«, rief Ferris. »Ich habe die Sache nämlich voll im Griff. Bevor ich es vergesse: Du lässt heute Abend den Helm zu Hause. Und zieh die Warnweste aus. Das ist ein Befehl. Wir dürfen auf keinen Fall auffallen, wenn wir die Queen kidnappen.«

»**KA-KA...**«

»Nein!«, sagte Ferris streng. »Noch ein einziges Mal dieses Wort, und du darfst heute Abend nicht mit. Ich meine das sehr ernst. Aber jetzt haben wir erst mal einiges zu tun. Wir bereiten nämlich noch eine kleine Überraschung vor für die Queen.«

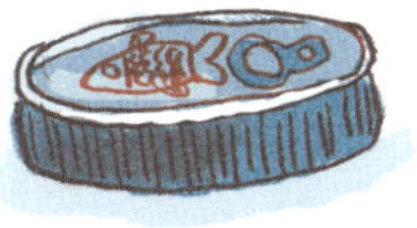

# Hindernisse

So schwer hatten die drei schon lange nicht mehr geschuftet. Zuerst öffneten sie im Keller 46 Kartons, nahmen die Konservendosen heraus und stapelten sie säuberlich aufeinander.

»Das macht Spaß, Spaß, Spaß«, grölte Rüdiger, der gern bei der Arbeit sang, und Ferris miaute mit. Lediglich Uwe blieb stumm.

»He, was ist mit dir?« Rüdiger stupste ihn mit der Pfote an. »Schlechte Laune, oder wie? Aber hallo!«

Uwe schüttelte den Kopf. »Wenn ich sage, was ich sagen will, gibt's Ärger«, flüsterte er. »Aber ich sollte es sagen.«

»Kapier ich nicht.« Rüdiger kratzte sich am Kopf. »Ich bin nämlich nicht so gebildet wie du.«

Uwe warf ihm einen verschwörerischen Blick zu. »**KA-KA...**«

»Nein!«, unterbrach ihn Ferris. »Wir haben ausgemacht, dass dieses Wort heute nicht existiert. Kümmert euch lieber um dieses Zeug hier. Es gibt noch genug zu tun.«

Also trugen Uwe und Rüdiger die Kartons vor die Villa, während Ferris in Otti Knirschkes Gemüsegarten Steine sammelte. Die lagen dort in rauen Mengen herum.

Irgendwann tauchte Otti Knirschke am Fenster auf. Seine Brille hatte er wieder einmal verlegt. Eine Weile beobachtete er Ferris mit zusammengekniffenen Augen. Dann rief er: »Bravo! Du bist ja doch ein sehr netter Waschbär. Mach weiter so. Beim Kompost sind auch noch Steine. Die darfst du alle nehmen. Ahoi!« Er winkte, und Ferris hob ebenfalls grüßend die Pfote. Otti Knirschke war wirklich schwer in Ordnung.

Gegen Mittag lag kein einziger Stein mehr im Gemüsegarten, und alle Kartons waren so schwer, als wären sie

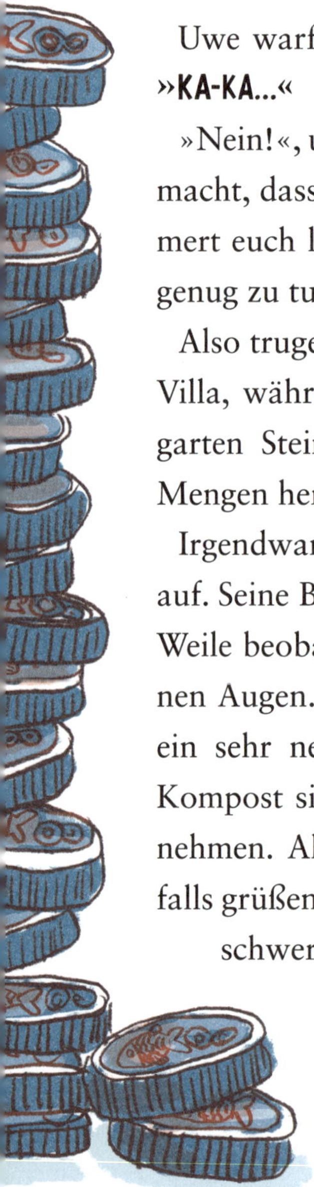

mit Heringsdosen gefüllt. Endlich konnten die drei sich dranmachen, die neu befüllten Kartons mit Klebeband zu verschließen.

»Mindestens zehn Mal umwickeln«, sagte Ferris und wischte sich den Schweiß von der Stirn. »Das Auspacken muss gewaltig Mühe machen, mindestens genauso viel wie das Einpacken.«

Irgendwann türmten sich 46 Kartons am Eingang zur Villa. Ferris fand, sie hätten wirklich ganze Arbeit geleistet.

Ab dem Nachmittag wurde es in der Villa ruhig. Uwe hatte sich in seiner Sockenschublade verkrochen. Rüdiger döste wieder einmal in der Badewanne vor sich hin. Ferris träumte in der Waschmaschine von Unmengen an Hering in Tomatensoße. Fast hätten sie verschlafen, wenn nicht gegen Abend Otti Knirschke gegen die Eingangstür gebollert hätte.

»Struppi, du oller Kater, komm mal rüber!«, hörte man ihn so laut brüllen, dass es noch zwei Straßen weiter zu hören war. »Bei mir sind Mäuse im Keller. Da hab ich sofort an dich gedacht. Der Waschbär darf ruhig auch mitkommen! Ahoi!«

»Es geht nichts über nette Nachbarn«, meinte Ferris wenig später. Er hockte mit Rüdiger und Uwe auf der Eckbank in ihrer Küche und spähte aus dem Fenster. »Ohne unseren Otti Knirschke hätten wir doch glatt die Entführung der Queen verpennt. Aber jetzt könnte er auch langsam mal wieder verschwinden.«

Doch Otti Knirschke gab so schnell nicht auf. Noch eine halbe Ewigkeit lang blieb er auf der Treppe stehen und hämmerte gegen die schiefe Tür der Villa. Schließlich schlappte er wieder hinüber in seinen Garten. Dort freute er sich darüber, dass keine Steine mehr herumlagen, und zählte wie jeden Abend seine Kohlköpfe.

Die drei auf der Eckbank atmeten erleichtert auf. Otti Knirschke war also erst einmal beschäftigt. Er würde nichts davon mitkriegen, wie sich sein Anhänger plötzlich davonmachte. Ferris wandte sich zu Rüdiger. Der Waschbär hatte sich wieder mit Schlapphut, Lederjacke und Sonnenbrille verkleidet und stank nach Veilchen. Eigentlich wäre das alles gar nicht nötig gewesen, denn Otti Knirschke fand den Waschbären inzwischen sogar ganz nett. Aber man konnte nie wissen. Ferris klopfte Rüdiger aufmunternd auf die Schulter. »Du kriegst das hin. Sobald der Anhänger ans Motorrad montiert ist, pfeifst du dreimal kurz, dreimal lang. Dann kommen Uwe und ich raus, und es geht endlich los.«

Kaum war Rüdiger verschwunden, rutschte Uwe wieder einmal nervös hin und her. »**KA-KA...**«

Ferris blickte ihn beschwörend an. »Nein, Uwe! Vergiss endlich dieses dumme Wort.«

Uwe kaute auf seiner Unterlippe herum. Schließlich nickte er.

»Na siehst du, es geht doch«, sagte Ferris zufrieden und spähte in den Besenschrank. »Hier muss doch irgendwo der Kescher sein, mit dem ich mal fischen war. Den brauchen wir nämlich für die Entführung. Falls die Queen nicht freiwillig mitkommen will ... Ach, da ist er ja.« Er grinste und wedelte mit dem Kescher. »Damit entkommt sie uns nicht. Wenn sie die Mäuse nicht sofort rausrückt, sperren wir sie ins

Badezimmer. Vielleicht möchte sie ja ein Bad nehmen, sie tut doch immer so vornehm. Mal sehen, wie lange sie es da oben aushält. Jede Wette, nach spätestens drei Stunden heult sie uns die Ohren voll, dass sie …«

Er verstummte, denn Rüdiger war in die Küche gestürmt, mit einem Gesicht wie sieben Tage Regenwetter. »Das Motorrad ist weg! Ich hab überall gesucht. Aber es ist weg.«

Ferris starrte ihn an. »Das ist nicht wahr!«

»Ist es doch!«, rief Uwe und fuchtelte aufgeregt herum. »**KA-KA-KA-KATASTROPHE!** Das will ich euch schon die ganze Zeit erzählen. Aber Ferris will ja nichts davon hören. Heute Morgen hat eine weiße Katze das Motorrad aus dem Garten geschoben und ist davongedüst. Wenn ich nicht eine Sekunde zu spät gekommen wäre, hätte ich es verhindern können. Aber so hatte sie einen gewaltigen Vorsprung. Ich bin noch hinterhergerannt, aber …« Er zuckte mit den Schultern. »Tut mir echt leid, ehrlich.«

Ferris ließ sich auf die Eckbank sinken. Zuerst die Mäuse. Dann das Motorrad. Was würde ihm die Queen als Nächstes nehmen? Einen Moment lang war er kurz davor aufzugeben. Sollte er vielleicht einfach weiterziehen? Irgendwo anders sein Glück suchen, wie er das früher immer gemacht hatte?

Doch dann sprang er auf. »Nein, keine Katastrophe!«, sagte er mit fester Stimme. »Dann müssen wir eben den Traktor nehmen. Das passt sowieso viel besser. Anhänger und Traktor gehören einfach zusammen. Wir hätten uns bloß lächerlich gemacht mit dem Motorrad. Aber wir dürfen uns auf keinen Fall von Otti Knirschke erwischen lassen. Wenn es um seinen Traktor geht, versteht er keinen Spaß.«

Sie spähten durchs Fenster und warteten, bis Otti Knirschke mit Kohlkopfzählen fertig war und wieder im Haus verschwand, dann zogen sie los.

Ferris hatte ein bisschen wackelige Knie, als er schließlich den Zündschlüssel umdrehte, der netterweise immer steckte. Motorradfahren war *eine* Sache. Damit kannte er sich aus. Etwas anderes war es mit diesem riesigen Ungetüm. Der Traktor schien etwas dagegen zu haben, wenn nicht Otti Knirschke ihn fuhr. Dreimal würgte Ferris den Motor ab, und am Ende des Schwalbenwegs wäre er fast von der Fahrbahn abgekommen. Dann endlich klappte es so einigermaßen. Ferris atmete erleichtert auf.

Und so tuckerten sie durch die Nacht. Der Sturm hatte die dicken Regenwolken beiseitegeschoben, und ein blasser Halbmond leuchtete mehr schlecht als recht. Wie gut, dass Ferris scharfe Augen hatte, denn die Lichter am Traktor waren schon seit Jahren kaputt. Wenigstens blinkte der Blinker – ununterbrochen zwar, aber immerhin.

»Da vorn links!«, rief Uwe. Er hockte auf dem Kotflügel und wedelt aufgeregt mit den Pfoten. »Jetzt müssen wir nach links. Ich kenn mich hier aus. Im Park habe ich früher nämlich immer Bucheckern gesammelt.«

Ferris überlegte kurz. An welcher Pfote hatte er sich etwas Fell abgeschürft? War das die linke gewesen? Oder eher die rechte? Vergeblich versuchte er sich zu erinnern.

»Links«, wiederholte Uwe ungeduldig.

Kurzerhand bog Ferris ab. Auf der Rückbank hörte er Rüdiger hüsteln. »Aber hallo! Zum Park geht's links rum.«

»Die richtige Taktik kannst du ruhig mir überlassen«, knurrte Ferris ärgerlich. »Ich verstehe nämlich was davon. Ich bin gerade dabei, unsere Spuren zu verwischen. Oder willst du vielleicht, dass wir geschnappt werden?«

Noch ein paarmal kurvte er die Straße auf und ab. Vergeblich versuchte er sich zu erinnern, wo er abbiegen musste. Fast war er schon so weit, Uwe und Rüdiger doch nach dem Weg zu fragen, als er endlich das Schild mit dem fetten Pfeil entdeckte, der eindeutig die Richtung wies:

Dort gab es einen leeren Parkplatz, auf dem das Einparken sogar mit Anhänger kinderleicht war. Ferris stellte den Motor ab, griff nach dem Kescher und drehte sich zu Rüdiger und Uwe um. »Seid ihr ganz sicher, dass ihr nicht mitkommen wollt?«, fragte er.

Uwe winkte ab. »Entführung ist 'ne Nummer zu groß für mich«, murmelte er. »Davon steht außerdem nichts in meinem Arbeitsvertrag.«

Rüdiger hob die Pfote, die immer noch verbunden war, und schüttelte den Kopf.

»Verstehe«, sagte Ferris und sprang vom Traktor. »Dann ist das ab jetzt Chefsache. Ihr wartet hier.«

Den Kescher über der Schulter, marschierte er den Parkplatz entlang. Kurz darauf hatte ihn die Dunkelheit auch schon verschluckt.

# Überraschung

Früher, vor seiner Zeit in der Villa, hatte Ferris oft im Park übernachtet. Er kannte sich also aus auf den vielen Wegen, die sich verzweigten und dann wieder kreuzten. Mühelos fand er den schmalen Pfad, der sich zwischen hohen Bäumen zum See hinab schlängelte. Dort unten gab es einen kleinen Grillplatz, und genau dort hatte er die Queen schon mehrmals beobachtet. Auf halbem Weg schlug Ferris sich seitwärts ins Gebüsch. Denn er hatte vor, sich lautlos von hinten anzuschleichen. Das würde bestimmt eine nette Überraschung werden für die Queen.

Dann, nach wenigen Metern, entdeckte er sie auch schon. Wie die Entführung genau ablaufen würde, darüber hatte er sich eigentlich keine Gedanken gemacht. Vielmehr hatte er darauf vertraut, dass ihm im richtigen Moment schon das Richtige einfallen würde. Das hatte er bisher immer so gemacht.

Jetzt allerdings wäre ein Plan B günstig gewesen – denn die Queen war nicht allein. Um sie herum hockten bestimmt zwanzig oder noch mehr Katzen im Gras und kicherten laut. Und es sah ganz danach aus, als gäbe es einen besonderen Anlass für dieses Treffen. Denn zwischen zwei Bäumen war ein Transparent gespannt mit der Aufschrift: *Happy Birthday, liebe Queen.* Darunter türmten sich die Geschenke. Immer neue kamen dazu, denn es trafen noch mehr Katzen ein. Die meisten kamen Ferris bekannt vor. Das waren die Freundinnen der Queen, die damals auch auf ihrer Party gewesen waren. Das Kichern wurde zu Gelächter und immer lauter. Anscheinend hatte die Queen gerade einen irren Witz erzählt.

»Da wäre ich zuuuu gern dabei gewesen«, prustete eine rote Katze. Sie war mindestens genauso fett wie die Queen und hockte auf einem zerschlissenen Samtkissen. »Wenn ich mir vorstelle, wie er auf dem schmalen Sims balancierte … Vielleicht war er ja früher mal beim Zirkus!«

Wieder lachten alle, am meisten die Queen. Die

falsche dreireihige Perlenkette, die sie um den Hals trug, wackelte nur so.

»… und dann ist er quer über den Rasen abgehauen! Stellt euch vor, ein großer, dicker Kater hat so schrecklich Schiss vor einem putzigen Terrier«, kreischte eine kleine schwarz-weiße Katze und verdrehte verzückt die Augen. »Wuff, wuff, wuff. Dabei wollte der arme Hund doch bloß spielen.«

Schmerzhaft dröhnte das Gelächter in Ferris' Ohren. Am liebsten wäre er aus dem Gebüsch gestürmt und hätte alles richtiggestellt: Dass

nämlich die Queen nichts anderes als eine fiese Erpresserin war. Dass er am Bungalow aufgetaucht war, um Alice und Marlene zu befreien. Dass er – genau genommen – ein echter Held war. Aber das konnte er sich schenken. Die Katzen würden ihm niemals glauben. Und die Queen würde auf der Stelle Hackfleisch aus ihm machen.

»Und dann … und dann hat er …«, japste eine schwarze Katze. Sie lag auf dem Boden, streckte die Pfoten in die Höhe und brachte vor Lachen kein einziges Wort mehr heraus.

Etwas ruhiger wurde es erst, als die Queen mit lauter Stimme eine Mitternachtsüberraschung verkündete. »Ich sage nur: **HERING IN TOMATENSOSSE!**«, rief sie, und alle klatschten und johlten wie verrückt.

Auf dem Grillplatz herrschte also allerbeste Stimmung. Im Gebüsch dagegen schäumte Ferris vor Wut. Ihm war klar: Gegen die Queen und ihre Freundinnen würde er allein nicht ankommen. Also war es nur vernünftig, die Entführung zu verschieben. Und vor allem schleunigst abzuhauen. Mit dem

Kescher in der Hand legte Ferris den Rückwärtsgang ein. Doch schon nach wenigen Zentimetern stieß er einen leisen Schmerzenslaut aus. Er war in einen Kronkorken getreten, den irgendein Idiot ins Gebüsch geworfen hatte.

Wie erstarrt verharrte Ferris. Doch da hatte die Queen ihn bereits erspäht.

»Hallöchen!«, rief sie mit zuckersüßer Stimme. »Ja, wen haben wir denn da? Das ist ja eine echte Geburtstagsüberraschung!«

Wie auf Knopfdruck waren das Lachen und Kreischen ihrer Freundinnen verstummt. Alle Blicke gingen hinüber zu dem niedrigen Weißdornbusch, wo Ferris sich nichts sehnlicher wünschte, als unsichtbar zu sein. Oder wenigstens den Kescher loszuwerden. Hastig stieß er ihn tiefer ins Gebüsch. Dann kroch er heraus. »Hallöchen«, erwiderte er und fügte mit falschem Lächeln hinzu: »Störe ich hier etwa bei einer Geburtstagsparty?«

Die Queen lächelte genauso falsch zurück. »Du störst doch nicht. Ich freue mich immer waaaahnsinnig, dich zu sehen. Und wie nett, dass wir uns im Park treffen. Wo das hier doch mein absoluter Lieblingsplatz ist.« Sie schwenkte lässig ihr Handtäschchen. »Aber leider bist du zu früh. So richtig spitzenmäßig geht's hier erst um Mitternacht ab.« Sie grinste tückisch. »Da gibt's dann das riesige kalte Buffet mit Hering in Tomatensoße. Hmmm … appetitlich saftige Häppchen, genau nach unserem Geschmack. Jeder kann sich den Bauch vollschlagen, bis er platzt.«

»**JAAA!**«, rief der Chor ihrer Freundinnen begeistert aus. »Bis wir platzen.« Und wieder kicherten alle.

Ferris verzog keine Miene. Auch nicht, als die Queen aufstand und direkt auf ihn zusteuerte. Sie zog ihn ein Stück zur Seite. »Falls du dich nicht an die Vereinbarung hältst, geht das böse aus. Für deine Mäuse. Für dich übrigens auch«, flüsterte sie ihm zu. »Das Motorrad sehe ich mal als Geburtstagsgeschenk. Dankeschön übrigens. Ich hab mich wirklich sehr darüber gefreut. Nett, dass du es nicht mal abgeschlossen hattest. Ehm … Hast du mir sonst noch was mitgebracht? Wenn ich so darüber nachdenke …« Sie schaute grüblerisch nach oben und fuhr dann fort: »Einen Hausmeister hätte ich auch gern. Ich habe gehört, deiner ist sehr tüchtig. Falls du ihn nicht mehr brauchst …«

»Schau'n wir mal«, murmelte Ferris eisig. Beunruhigt schielte er zum Gebüsch hinüber. Dort war nämlich die dicke rote Katze verschwunden, die ihn die ganze Zeit über feindselig gemustert hatte. Was, wenn sie den Kescher entdeckte? Die Queen würde natürlich sofort kapieren, was los war. Und dann ...

In diesem Moment schob sich die Rote wieder aus dem Gebüsch. »Hier liegt was!«, rief sie. »Bestimmt ein Geburtstagsgeschenk von Ferris. Darf ich es rausholen?«

Die Queen kreischte laut. »Meine liebe Sneaky, du bist ja noch viel neugieriger als ich. Aber Geschenke gibt es erst um Mitternacht. Verdirb mir bloß nicht die Überraschung.« Sie drehte sich zu Ferris um. »Also hast du mir doch noch was mitgebracht. Das hätte ich nicht erwartet. Mannomann, bin ich gespannt.«

Ferris' Herz klopfte bis zum Hals. »Aber unbedingt bis Mitternacht warten«, sagte er und wunderte sich, dass seine Stimme nicht zitterte. Unauffällig blickt er sich um. Überall hockten Katzen. In den letzten Minuten schienen noch mehr Gäste gekommen zu sein. Jeder Fluchtweg war versperrt. Es sei denn ...

»Ach was, jetzt hast du mich neugierig gemacht!«, hörte er die Queen rufen. Sie blickte auf die goldene Uhr an ihrem Handgelenk und klatschte dann in ihre fetten Pfoten. »Her damit! Noch zwei Stunden warten halte ich nicht aus! Ich will auf der Stelle wissen, was Ferris mir Schönes mitgebracht hat.«

Noch eine Sekunde zögerte er. Dann nahm er allen Mut zusammen, drehte sich blitzschnell um und setzte zu einem seiner längsten Sprünge an ...

Hart klatschte er auf dem Wasser auf. Als er wieder auftauchte, war er erleichtert. Er hatte es tatsächlich bis in die Mitte des Sees geschafft. Vom Ufer her hörte er das wütende Geschrei der Katzen.

»Komm sofort zurück!«, schrie die Queen mit schneidender Stimme. »Ich habe dir nicht erlaubt abzuhauen!«

Ferris blickte zu ihr hinüber und spürte einen eiskalten Schauder. Das lag nicht nur am kühlen Wasser des Sees. Denn die Queen hielt den Kescher in der Pfote und reckte ihn drohend in den Nachthimmel.

»Ich schwimme abends immer noch eine kleine Runde!«, rief Ferris laut. »Das Wasser ist einfach herrlich! Viel Spaß noch beim Feiern!«

Laute Verwünschungen verfolgten ihn, als er zum

anderen Ufer kraulte. Er schlotterte vor Kälte, aber er grinste. Der Queen hatte er es endlich mal gezeigt. Und er hatte auch schon den nächsten Plan. Der würde zu tausend Prozent funktionieren. Hoffte er wenigstens.

# Noch ein perfekter Plan

Rüdiger und Uwe erschraken gewaltig, als Ferris plötzlich aus dem Dunkel auftauchte.

»**KA-KA-KA-KATASTROPHE?**«, stotterte Uwe, als der tropfnasse Kater mit einem Satz auf den Fahrersitz sprang. »Wo ist die Queen? Warum bist du so nass?«

Ferris antwortete nicht. Hastig drehte er immer wieder den Zündschlüssel. Dann endlich, beim dritten oder vierten Mal, dröhnte das dumpfe **TOK-TOK-TOK** über den Parkplatz, und der Auspuff stieß dicke schwarze Wolken aus.

»Nur eine kleine Planänderung«, sagte Ferris knapp und gab Gas. »Interessant«, murmelte er kurz darauf und deutete zum Fahrbahnrand. Dort versuchten ein paar riesige Tigerkatzen vergeblich, einen umgestürzten Karren aus dem Graben zu ziehen. Überall lagen Kartons verstreut.

»Aber hallo!« Rüdiger grinste. »Diese Kartons kommen mir bekannt vor.«

Ferris grinste ebenfalls. »Die Katzen da drüben sind die Freunde von der Queen. Sie sollen die Kartons im Park abliefern. Der Inhalt ist nämlich für ein Mitternachtsbuffet gedacht.« Er kicherte vergnügt. »Wobei ich nicht glaube, dass die Queen sich sehr darüber freut, wenn sie sie auspackt. Sie feiert im Park übrigens gerade ihren Geburtstag. Mit sehr, sehr vielen Gästen. Was für eine Entführung eher ungünstig ist. Also habe ich die Aktion abgeblasen. Und warum ich so nass bin? Ich bin gerade durch einen See geschwommen. Wenn das so weitergeht, wird aus mir noch eine echte Wasserratte.«

Er verstummte, denn jetzt musste er sich konzentrieren. Nach seiner Berechnung würde die Queen frühestens in zwei Stunden wieder zu Hause sein. Diese Zeit mussten sie nutzen.

Rüdiger stieß ihn an. »Ehrlich gesagt, mir wär's viel lieber, du hättest die Queen entführt. Was macht sie mit den beiden Mäusen, wenn sie die Steine entdeckt? Das geht nicht gut aus, aber hallo!«

Ferris schüttelte den Kopf. »Natürlich geht das gut aus. Planänderung heißt doch nicht, dass wir aufgeben. Nein, auf gar keinen Fall. Es ist ganz einfach: Die Queen ist mindestens bis Mitternacht beschäftigt. In dieser Zeit holen wir Alice und Marlene raus.«

Plötzlich stieß Uwe einen Schrei aus. »Seht mal! Ein Feuerwerk!«

Im Nachthimmel über ihnen stiegen silbern strahlende Sterne auf. Sie färbten sich in raschem Wechsel von Grün zu Rot und verglühten langsam. Dazu

waren immer wieder laute Böllerschüsse zu hören. Irgendwo in der Nähe musste ein großes Fest stattfinden.

Ferris wäre vor Begeisterung fast am Geierweg vorbeigefahren und riss erst im letzten Moment das Steuer herum. »Super!«, rief er. »Bei diesem Lärm hört bestimmt niemand den Traktor.«

Wenig später hielt er direkt vor der Hausnummer 13 an. Sämtliche Fenster waren dunkel, auch die in der Nachbarschaft. Anscheinend waren alle Bewohner bei dem Fest. Ideale Bedingungen für die Mäusebefreiung, wie Ferris fand. Er deutete auf Uwe. »Stufe eins der Operation: Du checkst, welches Fenster gekippt ist. Jede Wette, du findest eins. Geh rein, mach es ganz auf und gib uns ein Zeichen. Rüdiger und ich kommen nach. Das ist dann Stufe zwei. Wir durchsuchen Zimmer für Zimmer, und zwar schnell und gründlich.«

»Ehm … Du bist sicher, die Queen ist wirklich nicht da? Also, ich meine nicht nur sicher. Sondern ganz, ganz sicher?«

Ferris hob die Pfote. »Ganz, ganz sicher. Ich schwöre es. Das sieht man doch, dass niemand im Haus ist. Kein Mensch, keine Queen. Los, beeil dich. Und pass auf die Alarmanlage auf.«

»Bin ja schon fast weg.« Uwe grinste schräg. »Wir brauchen nur noch ein Codewort.«

»Hering?«, schlug Ferris vor.

»Hatten wir bereits«, meinte Uwe stirnrunzelnd. »Ausnahmsweise können wir es auch zweimal verwenden. Obwohl das eigentlich nicht erlaubt ist.«

Ferris nickte, Rüdiger ebenfalls, und dann war Uwe auch schon auf dem Grundstück verschwunden. Minute um Minute verging. Nervös trommelte Ferris auf dem Lenkrad herum.

»So lange kann das doch nicht dauern«, murmelte Rüdiger und spähte hinüber zum Bungalow. »Das sind höchstens zehn Fenster. Die hat Uwe in einer Minute gecheckt. Was ist, wenn du dich geirrt hast und die Queen im Haus lauert? Wenn sie schon längst herausgefunden hat, was wirklich in den Kartons ist? Aber hallo! Was meinst du, was dann los ist!«

»Ach was«, sagte Ferris. Er legte den Kopf in den Nacken und beobachtete, wie eine weitere Leuchtrakete zum Himmel stieg. »Ich bin sicher, es läuft alles super bei Uwe.«

In Wirklichkeit war ihm ganz elend vor Angst. Irgendetwas musste gewaltig schiefgegangen sein. Hatte er sich verrechnet? War die Queen womöglich doch schon zu Hause? War was mit Uwe passiert? Ferris sprang auf. »Ich schau jetzt nach, was da los …«

**»HERING!«**, rief jemand ganz in der Nähe.

Erleichtert ließ Ferris sich zurück auf den Traktorsitz fallen. Zusammen mit Rüdiger rief er: **»HERING! HERING! HERING!«**

»Uff«, keuchte Uwe und hüpfte aufs Lenkrad. »Zuerst die schlechte Nachricht: Alle Fenster sind zu. Komplett zu. Jetzt die gute: Ich hab die Alarmanlage lahmgelegt. Für genau eine Viertelstunde.«

Ferris nickte anerkennend. »Gut gemacht!«

Uwe strahlte übers ganze Gesicht. »Und jetzt? Was machen wir jetzt?«

Angestrengt starrte Ferris zum Bungalow hinüber. Ihm musste eine Lösung einfallen. Und zwar sofort, denn die Zeit lief.

»Kamin«, hörte er Rüdiger leise sagen. »Durch den Kamin müsste es klappen. Ich hab das früher häufig gemacht. Keine Ahnung, ob ich es heute noch hinkriege. Aber ich versuch's mal.«

Ferris schluckte. »Würdest du das wirklich tun?«

Rüdiger grinste. »Mir bleibt ja nichts anderes übrig. Uwe hat Schiss im Dunkeln. Und in einem Kamin ist es so was von stockdunkel, das könnt ihr mir glauben. Außerdem weiß ich, dass Katzen gut hochklettern können, aber schlecht nach unten. Also bleib nur ich übrig. Ich mach mich dann mal fix auf den Weg. Wenn ihr mich pfeifen hört, steht ein Fenster offen.«

»Viel Glück!«, rief Ferris. Er blickte dem dicken Waschbären nach, wie er unglaublich schnell die Regenrinne hoch und auf das Dach kletterte. Dann stürzte er sich auch schon kopfüber in den Kamin. Ferris atmete beruhigt auf. Wenn Rüdiger in diesem Tempo weitermachte, würde alles gut gehen.

»**KA-KA-KA-KATASTROPHE**«, flüsterte Uwe plötzlich und krallte sich an Ferris fest.

»**HILFE! DIEBE, RÄUBER, GESINDEL!**«, gellte es durch den nächtlichen Geierweg. »Sie haben meinen schönen Traktor geklaut. Hilfe!«

Ferris blickte sich hastig um. Otti Knirschke, wie üblich im Schlafanzug und darüber den Trenchcoat, rannte direkt auf sie zu. In der Hand schwang er wütend einen Stock.

»Kleine Planänderung: Wir gehen zu Fuß nach Haus!«, rief Ferris. Und schon war er mit Uwe zusammen hinüber auf das Grundstück gesprungen. Dort verkrochen sie sich unter den Büschen und lauschten.

Otti Knirschke schimpfte immer noch vor sich hin, inzwischen jedoch leiser. Uwe wollte etwas sagen, aber Ferris kam ihm zuvor. »Klappe halten«, wisperte er, »sonst hören wir nicht, wenn Rüdiger pfeift.«

Uwe schluckte. Er nickte. Doch dann wisperte er: »**KA-KA-KA-KATASTROPHE!**«

»Jetzt hör endlich auf damit«, flüsterte Ferris

ärgerlich. »Ich finde einen Fußmarsch auch unangenehm. Aber das ist noch lange keine Katastrophe.«

Uwe starrte ihn an. »Das meine ich doch nicht«, zischte er. »Da oben! Am Kamin! Da ist die Katastrophe.«

Ferris blickte hoch. Sein Herzschlag stockte. Rüdiger steckte fest! Kopfüber hing er im Kamin. Nur noch seine Hinterbeine waren zu sehen, die hilflos in der Luft zappelten, während mit einem schrillen Pfeifton die Alarmanlage losging.

# Wiedersehen nach Mitternacht

Plötzlich tauchten von überall her Leute auf. Sie standen in der Einfahrt und auf dem Rasen, legten den Kopf in den Nacken und rätselten laut, um welches Tier es sich dort oben wohl handeln könnte.

»Das ist mein Freund!«, hörte Ferris Otti Knirschke rufen. »Ein sehr netter Waschbär! Wir müssen ihn retten! Die Feuerwehr! Polizei! So tun Sie doch was!«

Laut hupend bog ein Taxi in die Einfahrt ein. Widerwillig machten die Leute Platz. Die Autotüren öffneten sich, und das junge Pärchen stieg aus. Überrascht blickten sie sich um. Die Frau schien etwas zu fragen, denn ein bärtiger Mann kam auf sie zu und deutete mit seinem Handy aufgeregt zum Dach.

»Sie spricht Englisch«, flüsterte Ferris dem zitternden Uwe zu. »Ich übersetz dir das mal. Sie sagt, dass sie gerade aus dem Urlaub kommen und wissen möchten, was los ist. Und der mit dem Bart sagt, dass er gerade die Feuerwehr angerufen hat.«

Zwei große schwarze Rollkoffer hinter sich herziehend, verschwand das junge Pärchen wenig später im Haus. Erst jetzt wurde Ferris klar, dass er gerade eine gewaltige Chance verpasst hatte. Mit Leichtigkeit hätte er unbemerkt durch die Tür witschen können. Doch dazu war es jetzt zu spät. Er konnte nur hoffen, dass wenigstens die Feuerwehr rechtzeitig kam. Denn Rüdiger zappelte nicht mehr.

Ferris seufzte. Neben ihm wischte sich Uwe eine Träne aus den Augen. Wenig später war die Feuerwehr auch schon da. Ferris spähte durchs Gebüsch. Scheinwerfer gingen an. Eine lange Leiter wurde

ausgefahren. Endlich kletterten zwei Feuerwehrleute aufs Dach. Ferris atmete erleichtert auf. Doch dann entdeckte er den großen schwarzen Sack, den die beiden Männer hinter sich herzogen. War der womöglich für Rüdiger gedacht? Ein überraschter Schrei ertönte. Was war nur los dort oben auf dem Dach, wo die beiden Feuerwehrleute wild gestikulierten? Irgendetwas schien schiefzugehen.

Uwe zupfte Ferris am Fell. »Lass uns lieber abhauen. Auf der Straße steht ein Transporter vom Tierheim. Ich hab keine Lust, dort zu landen.«

Durch ein Loch in der Hecke schlüpften sie in den nächsten Garten. Gespannt lauschten sie auf die Geräusche von nebenan. Irgendwann fuhr das Feuerwehrauto davon. Wenig später der Transporter. Immer noch waren Stimmen zu hören. Dann wurde es still.

Ferris schluckte. Was sollten sie jetzt nur machen? Die Mäuse immer noch in der Gewalt der Queen, und Rüdiger wahrscheinlich im Tierheim. Und dann war da noch die Sache mit den Steinen in den Kartons … Vielleicht war das doch keine gute Idee gewesen. Vielleicht …

»**HERING!**«

Ferris stieß Uwe an. »He, warum sagst du Hering?«

»Ich? Wie kommst du darauf? Ich hab gar nichts gesagt.«

Ferris sah sich ungläubig um. Hatte er geträumt? Doch dann rief er halblaut: »**HERING?**«

In diesem Moment zwängte sich ein über und über rußbedecktes Wesen durch das Loch in der Hecke. Erschrocken zuckten Ferris und Uwe zurück.

»Zum Glück ist mir das Codewort wieder eingefallen«, knurrte Rüdiger, nachdem die beiden anderen sich von ihrem ersten Schrecken erholt hatten. »Ihr habt keine Ahnung, wie ich mich auf die Badewanne freue. Aber hallo!« Grinsend klopfte er Ferris auf die Schulter und klatschte Uwe ab. »Ich such euch schon ’ne ganze Weile. Mannomann, das war so ein neumodisch enger Kamin. Und dann musste ich noch den netten Männern von der Feuerwehr entwischen. Die sind vielleicht erschrocken, als ich plötzlich wieder lebendig war.« Zögernd blickte er Ferris an. »Ehm ... Was machen wir mit Alice und Marlene?«

»Morgen«, sagte Ferris müde. »Lasst uns nach Hause gehen. Morgen überlege ich mir einen neuen Plan. Und leg dich gleich in die Badewanne. Du siehst furchterregend aus. Wie aus einem Horrorfilm.«

»Wirklich?«, fragte Rüdiger. Es klang kein bisschen beleidigt.

»Wirklich«, sagte Uwe. »Ehrlich gesagt, wenn ich nicht wüsste, wer du bist, würde ich auf der Stelle schreiend davonlaufen.«

Rüdiger grinste – was ihn noch unheimlicher aussehen ließ. »Mir kommt da gerade eine Idee. Was haltet ihr davon, die Queen ein bisschen zu erschrecken? Irgendwann ist die Geburtstagsparty zu Ende und die Queen geht nichtsahnend nach Hause. Plötzlich entdeckt sie eine Gestalt, die aus der Dunkelheit auf sie zukommt.« Bei diesen Worten zog Rüdiger eine so furchterregende Grimasse, dass Uwe sich zitternd an Ferris festklammerte. »Entspann dich wieder, Kleiner«, sagte Rüdiger und fuhr fort: »Dann drohe ich mit verstellter Stimme, ihr in Zukunft jede Nacht zu erscheinen, falls die Mäuse nicht morgen pünktlich um neun wieder in der Villa sind.«

Das war, wie Ferris zugeben musste, kein schlechter Plan. Und so machten die drei sich auf zum Park, voller Hoffnung, dass ihnen die Queen irgendwann über den Weg laufen würde. Doch nichts geschah. Lediglich zwei eilige Füchse begegneten ihnen, sechs oder sieben Autos und ein Motorrad, das in Schlangenlinien die Straße entlangkurvte. Als sie zum Park kamen, lag der still und verlassen da. Die Party war vorbei. Und von der Queen keine Spur.

Der Weg nach Hause kam Ferris wie der längste Fußmarsch seines Lebens vor. Schweigend, mit hängenden Schultern, tappten sie durch die Nacht, schweigend bogen sie in den Schwalbenweg ein. Dann aber blieben sie überrascht stehen. Die Fenster der Villa waren schon seit Jahren nicht mehr geputzt worden – trotzdem konnte man nun deutlich sehen, dass in den Zimmern Kerzen flackerten.

**»EINBRECHER?«**, rief Ferris fassungslos. »Womöglich die Freunde der Queen? Uwe, wir haben doch eine Alarmanlage!«

Das Eichhörnchen zuckte verlegen mit den Schultern. »Das hast du missverstanden. Die Alarmanlage funktioniert nur für meine Schublade, nicht fürs ganze Haus.«

In diesem Moment öffnete sich die Eingangstür der Villa. Zwei kleine graue Mäuse standen da, strahlten um die Wette und winkten wie wild.

»Kneift mich mal«, murmelte Ferris. »Träume ich? Sind das wirklich Alice und Marlene? Und riecht es hier tatsächlich nach Hering in Tomatensoße?« Er stürmte los, die Treppe hinauf, wo die beiden Mäuse begeistert quiekten.

»Ist das superschön, wieder zu Hause zu sein«, piepste Alice, als sie alle in der gemütlichen Küche auf der Eckbank saßen. »Ihr könnt euch nicht vorstellen, was wir alles erlebt haben.« Sie lehnte den Kopf an Marlenes Schulter und fuhr fort: »Zuerst haben wir in der Straßenbahn geglaubt, dass die Queen wirklich eine Kontrolleurin ist. Und dass wir mitgehen müssen, wenn sie das sagt. Aber als sie uns zu sich nach Hause geschleppt und in der Küche eingesperrt hat, war uns alles klar. Ihre Leute waren verreist, und sie brauchte jemanden zum Putzen.«

Marlene kicherte. »Aber wir sind ja nicht blöd. Wir haben immer alles fallen lassen. Zuerst ein Glas mit Honig. Dann eine Flasche Kirschsaft. Das klebte alles auf den weißen Fliesen in der Küche. Igitt!«

»Mir ist die Erdbeermarmelade aus der Hand gerutscht!«, rief Alice. »Und ziemlich viel Geschirr. Nach einem halben Tag sah es in der Küche echt heftig aus. Da wurde die Queen richtig gemein.« Sie blickte Ferris entschuldigend an. »Hoffentlich bist du uns nicht böse. Sie wollte wissen, wie viele Kartons mit Fischkonserven du im Keller hast. Wir hatten total Schiss vor ihr. Irgendwann haben wir es ihr dann gesagt.«

Ferris nickte verständnisvoll. »Alles in bester Ordnung«, murmelte er und rülpste leise. Viel reden konnte er nicht mehr. Vielleicht hatte er sich doch überfressen. Denn Alice und Marlene hatten während ihrer Erzählung nebenbei zwölf Dosen Hering in Tomatensoße geöffnet. Nicht der kleinste Rest Fisch war übrig geblieben. »Aber wie habt ihr es geschafft …«

Alice sprang auf und tänzelte auf dem Tisch herum. »Das war so genial«, jubelte sie. »Die Hausbesitzer sind heute Abend aus dem Urlaub zurückgekommen.

Ihr hättet ihre Gesichter sehen müssen, als sie die Küchentür aufmachten. Totales Chaos. Und mittendrin Marlene und ich. Wir saßen gerade auf der Anrichte und haben Scrabble gespielt. Die zwei entdeckten uns und kreischten los. Das war vielleicht ein Krach an diesem Abend! Zuerst die Böller, dann irgendwann die Alarmanlage. Aber das war alles nichts gegen das Gekreische von dem Pärchen. Dabei sind wir doch bloß zwei kleine Mäuse.«

»Und dann …« Marlene lachte so heftig, dass sie Tränen in den Augen hatte. »Und dann hat die Frau einen Besen genommen, die Tür zum Garten aufgemacht und uns nach draußen gescheucht. Wir wären natürlich auch freiwillig gegangen. Jedenfalls sind wir sofort hierhergedüst. Niemand war da, aber wir dachten, irgendwann kommt ihr bestimmt wieder heim! Und sogar mit einem neuen Mitbewohner!« Sie zupfte Ferris am Fell und flüsterte:» Ein bisschen gruselig sieht er ja schon aus.«

»Aber hallo!«, rief Rüdiger und wischte sich mit beiden Pfoten den Ruß aus dem Gesicht. »Nach einem Lavendelschaumbad sehe ich wieder aus wie neu. Ich hab jedenfalls noch nie im Leben einen so aufregenden Abend erlebt.«

Ferris nickte und stand auf. »Und ich muss jetzt dringend in meine Waschmaschine. Gute Nacht!«

Am nächsten Morgen wachte Ferris von ungewohntem Lärm auf. Aus dem Erdgeschoss dröhnten wummernde Bässe. Anscheinend hatte Rüdiger den Stromgenerator im Wohnzimmer wieder flottgemacht. Ferris sprang aus der Waschmaschine, verzichtete auf die übliche Katzenwäsche und tappte nach unten. Als er aus dem Fenster blickte, entdeckte er Otti Knirschke im Garten gegenüber. Der stand zwischen seinen Kohlköpfen, hielt etwas großes Weißes unter dem Arm und winkte ihm zu. Ferris riss ungläubig die Augen auf. War das die Queen? Nein, das konnte nicht sein. Er musste sich täuschen. Er winkte zurück und öffnete die Tür zum Wohnzimmer.

»**HUCH!**, rief eine Stimme. Es hörte sich nach Jenny-Lou an. »Hast du mich vielleicht erschreckt!«

Ferris ließ sich in den Schaukelstuhl sinken und schloss die Augen. Er sah eindeutig Gespenster. Zuerst die Queen. Dann die Disco-Ratte. Irgendetwas war los mit ihm. Ob das daran lag, dass er sich in der letzten Nacht an Hering in Tomatensoße überfressen hatte? Vielleicht sollte er doch besser zum Tierarzt gehen.

Ein perlendes Lachen war zu hören. Vorsichtig blinzelte er. Ihm gegenüber auf dem kunstvoll geschnitzten Wohnzimmerschrank hockte tatsächlich Jenny-Lou. Sie trug einen quietschroten Jogginganzug und ein Stirnband mit bunten Rastazöpfchen. Erleichtert atmete Ferris auf. Er hatte sich das also nicht eingebildet.

»'tschuldige«, sagte die Ratte. Sie schniefte ein bisschen, denn sie hatte sich erkältet. »Kann sein, dass die Musik vorhin ein bisschen laut war. Aber ich weiß momentan wirklich nicht, wo ich hin soll. Weil doch jetzt die Queen bei Otti Knirschke eingezogen ist.«

»**WAAAS?**« Ferris riss die Augen auf.

Jenny-Lou nickte bekümmert. »Kein Witz. Leider! Im Geierweg haben sie die Queen heute Nacht rausgeschmissen. Weil sie zu blöd war, das Haus mäusefrei zu halten. Und weil sie in der Küche einen wahnsinnigen Saustall angerichtet hat. Anscheinend musste sie sich heute Nacht einen neuen Schlafplatz suchen. War nicht so einfach, denn bei ihren Freundinnen ist sie total unten durch. Es gab nämlich gestern einen Skandal bei ihrer Geburtstagsparty. Statt Hering in Tomatensoße hat sie ihren Gästen Steine vorgesetzt. Hatschi! Hatschi!« Sie nieste erneut und fuhr dann fort: »Soll ich dir verraten, wo die Queen dann übernachtet hat? Auf dem Anhänger von Otti Knirschke! Als er heute früh zum Markt fahren wollte, lag die Queen da und hat jämmerlich gemaunzt. Und jetzt wohnt sie bei ihm.«

»Also doch«, murmelte Ferris. Wenigstens musste er nicht zum Arzt.

Jenny-Lou pustete einen Fussel von ihrem Jogginganzug. »Mit der Disco drüben ist es jetzt natürlich vorbei«, seufzte sie. »Total schade, weil doch am Wochenende die Megaparty stattfinden sollte. Mit **MÄUSETIGER,** du weißt schon. Ehm … Sag mal, dein Keller steht doch leer. Hättest du was dagegen, wenn wir da unten einziehen? Nur vorübergehend natürlich, bis wir was anderes gefunden haben. Deine Konserven räumen wir alle ins Wohnzimmer. Das ist auch viel bequemer für dich. Mein Freund hilft mit.« Sie lachte hell auf. »Du kennst ihn bereits: Jonny. Ihm gehört das Lufttaxi. Er hat übrigens dein Motorrad vor einem Bungalow im Geierweg entdeckt und einen Freund gebeten, es herzufahren. Ehm … Dann geht das mit der Disco also in Ordnung? Ja?«

Ferris nickte. »Von mir aus. Aber wirklich nur vorübergehend.« Er blickte hinaus in den Garten, wo Uwe jede Menge Drähte spannte. Anscheinend sollte das die neue Alarmanlage werden. Rüdiger war damit beschäftigt, den Gartenzaun veilchenblau anzupinseln. Immer wieder legte er eine kurze Pause ein und zeigte Alice und Marlene Ballettschritte. Die beiden schienen Spaß daran zu haben, denn sie lachten und trippelten graziös auf dem Dach ihres Vogelhauses herum. Mitten im Gras stand das Motorrad. Irgendjemand musste es poliert haben, denn es glänzte in der Sonne. Daneben hatte jemand ein großes Schild in den Boden gerammt, mit dickem Pfeil und der Aufschrift:

**HIER GEHT'S ZUR**
**MEGA-MÄUSE-WEEKEND-PARTY**

Ferris seufzte. Wahrscheinlich würde es sehr, sehr laut werden am Wochenende. Doch der zarte Duft nach Hering in Tomatensoße, der aus der Küche ins Wohnzimmer zog, versöhnte ihn wieder. Und mit der Queen nebenan würden sie auch noch fertig werden.

Zufrieden schnurrte Ferris in seinem Schaukelstuhl vor sich hin. Endlich war in der Villa wieder alles so, wie es sein sollte.

©privat

**IRENE ZIMMERMANN** lebt in Baden-Baden und ist seit vielen Jahren erfolgreiche Kinder- und Jugendbuchautorin. Von ihren zahlreichen Büchern schafften es mehrere auf die Spiegel-Bestsellerliste und wurden in 14 Sprachen übersetzt.
Auffällige Kennzeichen: Katzenfan und daher beim Schreiben niemals allein. Denn die Fensterbank neben dem Computer gehört einer behaglich schnurrenden Katzendame, die ihren Aussichtsplatz nur verlässt, wenn es Leckerlis gibt.

©Henrike Hiersig

**STEFANIE JESCHKE** studierte Visuelle Kommunikation an der Bauhaus-Universität in Weimar.
Seit 2012 arbeitet sie in ihrem eigenen »Atelier für Illustratives« in der Kleinstadt Treuenbrietzen. Dort malt, zeichnet, spinnt und erfindet sie witzige Tierfiguren und was sonst noch so für Kinder- und Jugendbücher gebraucht wird. Ihr kleiner Sohn und ihre noch kleinere Tochter sind die Ersten, die sehen, was sie so täglich zusammenbraut.
Auffällige Kennzeichen: Wenn sie nicht gerade fette Katzen und hyperaktive Eichhörnchen zeichnet, ist sie mit ihrer zweiten großen Leidenschaft beschäftigt: ihrem Hühnerhof mit sieben netten Hühnern und einem Hahn. Auf dem Hof wohnt auch Katze Uschi, sie ist allerdings eher ein hageres Beispiel ihrer Spezies.

# EIN WEITERES ABENTEUER MIT FERRIS

Nachdem Ferris den Entführungsfall glücklich gelöst hat und die beiden Mäuse wieder fleißig Fischdosen für ihn öffnen, steht dem beschaulichen Leben des Hausbesetzer-Katers nichts mehr im Weg. Waschbär Rüdiger und Security-Eichhörnchen Uwe sind auch weiterhin auf ihrem Posten, und so hat Ferris selbst alle Zeit der Welt, sein faules Katerleben zu genießen.

Bis eines Tages unvorhergesehene Dinge in der Villa geschehen. Finstere Eindringlinge machen sich breit. Dass es sich um eine Filmcrew handelt, die ausgerechnet in »seiner« Villa einen Krimi drehen will, wird ihm erst allmählich klar. Da gibt es nur eins: Diese Störenfriede müssen vertrieben werden, so schnell wie möglich. Und dazu ist ihm jedes Mittel recht.

Erscheint im März 2020

ISBN 978-3-280-08018-4